U0901986

朗朗書房

北京朗朗书房出版顾问有限公司
荣誉出品

蚂蜂窝旅游攻略 户外系列
www.mafengwo.cn

骑行东南亚

（云南 - 老挝 - 泰国 - 柬埔寨 - 越南）

东南亚大陆上的练习曲

骑行东南亚

更新时间：2013.05

关于骑行的种种

我喜欢骑行。还记得在某个烈日当空的正午，汗水浸透了每一个毛孔，眼前的陡坡看不到头，我紧咬着牙关一步一步地往上推行；又记得在山巅，感觉云是静止的、水是静止的、时间是静止的，一切都是静止的；更难忘的是下坡的时候，风从脸颊、从肩膀、从腰间呼啸而过，那种感觉只有经历过才会懂得。

年轻时曾骑行川藏南线。有时骑到垭口，看着山峦河谷就像一幅画，画中云影四处飘散；有时远远地看着雾锁山峰，但不知不觉就骑到了云端；有时云层很厚，阳光从白云中挤出缝隙照射到油菜花田上，那光像是来自天堂。

我还到过一些其他地方。我记得，在老挝的琅勃拉邦，来自欧洲、美国各地的游人挤在一个小观景台，看着天幕由红变蓝到紫色，红日最终沉没在湄公河流经的群峦中，只剩下微风拂面。而柬埔寨的天空，则像一块精心布置的背景，把吴哥窟的陈年砖瓦映衬得格外厚重，护城河里的水波光粼粼，随手一拍就是明信片的感觉。在这样的地方，人就像一粒尘埃。在越南，几分钟前还是乌云密布，下着零星小雨，几分钟后天蓝如洗，云白如练，在海边沙滩上踢足球的孩子们渐渐多了起来，远处天边挂着的圆月，和高高跃起的足球相映成趣。

出发了就不会后悔。

作者简介

天天 生于1987年。现工作于上海，从事财经媒体工作。天天自2007年开始单车骑行生涯，用29天时间完成川藏线的骑行；2008年骑行海南岛东线；2010年，怀揣大学期间炒股所赚8000元，天天把自行车骑出了国门，最终完成云南—老挝—泰国—柬埔寨—越南之旅；2012年完成环台湾岛骑行；2013年完成环青海湖骑行。目前总骑行里程已超过一万里。著有《走起，车轮弟》一书（由朗朗书房出版）。

微博名：天天 cycling
天骑单车环球群：9826278
蚂蜂窝主页：http://www.mafengwo.cn/u/5481784.html

目录 Catalogue

本攻略根据作者天天骑行东南亚四国经历整理而成，涵
了东南亚概览、各国饮食、路线规划、骑行中的注意事
及签证信息，等等。印刷本只随《走起，车轮弟》一书附送

蚂蜂窝 www.mafengwo.cn

联合推

东南亚概览

东南亚的独特魅力，使其在世界旅游业上扮演着独特的角色。东南亚是个多元文化融合得相当和谐的地方，其佛教、伊斯兰教、基督教、印度教等宗教文化以及由此而衍生出的建筑和艺术文化，都在人类文明史上占据着重要的地位。从云南到老挝、泰国等地，一脉相承的民族和宗教色彩，让人感到安心又亲切。而平原、火山、沙滩、森林、野生动物等种类丰富的景致又使骑行始终保有新鲜感。东南亚的风景就像一位能工巧匠精心绘制的一幅画，时而温顺时而汹涌的湄公河为其平添了几分色彩。

泰国五世王铜像广场

让人难忘的还有这里中西特色兼具的美食。在夜市或路边小店品尝地道的当地小吃，绝对是不容错过的体验。这里的夜晚是深得游客欢心的，一些东南亚的城市会在傍晚时分开始封路，原本车水马龙的马路转眼便变成了热闹的夜市。在夜市上，除了价格便宜、种类丰富、味道可口的小吃以外，还有许许多多别样的精彩等着你我去慢慢发现。

最佳旅行时间

东南亚各国位于北半球低纬地区，赤道附近，又处于太平洋与印度洋的交汇地带，这种地理位置使得东南亚地区普遍具有湿热的气候。总体而言，东南亚各国在气候方面一年分为干、雨两季或凉、干、雨三季。相比之下，每年的 11 月至次年 3 月是比较适合骑行的旅游时间，这期间温度适宜，少有酷热和暴雨等恶劣天气。本次骑行在春节前后进行，雨水较少，但是天气仍是很闷热。无论何时去东南亚都应做好防晒工作并携带雨具。

风俗与禁忌

泰国、老挝、柬埔寨皆小乘佛教盛行，越南宗教呈多元化。无论去向哪一个地方，都请尽可能多了解当地的风俗与禁忌，尊重当地文化。以下一些风俗在东南亚大部分地区适用，请牢记：

女性不能碰触僧人，否则他多年的修行可就毁于一旦。传递物品可请男士代劳。

不要摸当地人包括小孩的头，不要勾肩搭背，不要从背后惊吓别人。

不能用脚指人和物，哪怕是地摊上的水果等。

打招呼时要双手合掌，与异性保持合适的距离。

进入皇宫等景点时注意着装要求，进入寺庙要脱鞋。

切勿对寺庙、佛像和和尚等作出轻率的举动，千万不可骑在佛像上拍照。

佛教徒购买佛饰时忌说“购买”，只能用“求助”或“尊请”之类的词，否则被视为对佛祖的不敬，会招来灾祸。

8. 在回教徒祈祷的时候请不要打扰他们。

9. 给小费时不要给硬币，一般硬币是给乞丐的。

10. 左手交出东西表示一种蔑视，应当使用右手递交东西或者双手。

骑行路线规划

（云南 – 老挝 – 泰国 – 柬埔寨 – 越南）

预算

关于东南亚四国长途骑行，总体时间控制在 2 个月内为佳。东南亚普遍消费水平不高，且物美价廉。我两个月的行程花费在 12000 元左右。若把每天的住宿饮食等日常花销控制在 100 到 150 人民币之间，加上其他额外支出，很容易控制成本。在东南亚，100 元以下在各地都可以找到比较好的住宿。过关时口岸都会有换钞点，银联卡在老挝、泰国、柬埔寨、越南具有银联标志的 ATM 机上都可以取当地钞票。

签证

单车可以顺利过口岸，非常便利。我是在昆明找旅行社办理的老挝和泰国签证，在泰国找旅行社办理的柬埔寨和越南签证。东南亚几个旅游热点国家的签证基本上属于给钱花时间就能办理，因此不用太担心签证问题。PS：最近关于泰国和柬埔寨的签证有了新的变动，只要申请一张签证，就能实现在泰、柬两国旅游。

签证可以提前在各地旅行社或淘宝上办理，在淘宝上办理费用较低，方便快捷，可以货比三家，应当注意找信用度高一些的卖家，一次性把途经国家签证都办好，说不定还能打个折。

需要注意的是，即使是前往一个可办落地签的国家，也需要提前办好出国签证，因为中国边检不允许中国公民无签证出境。由于签证政策变动较多，不妨在进入一个国家之前就办理好。签证价格以及相关材料仅供参考，详情请登录相关使馆官网查询。（注：各国旅游签证信息详见 P15）

语言

在东南亚骑行的路上，我与当地人交流主要是依靠简单英语 + 肢体动作。问路的时候不要用中文地名，发音会和当地人差距很大。可以直接在地图上指出来，让当地人教你如何发音。整体来看东南亚治安良好，这点不用担心，但在越南还是应注意看紧身边物品。

住宿

可供住宿的旅店可以在到达一个城市之后随时找，完全不用担心露宿街头的问题。在东南亚旅游住家庭旅店（Guest House）最划算，既能深入接触到当地的风俗习惯，又能认识一些来自世界各地的朋友。一般在公路旁就能看到明确的指示牌，很好找。

在老挝琅勃拉邦，60 元人民币可以住到木质的家庭旅馆；在泰国曼谷，50 元人民币可以住到有冰箱的旅店；在柬埔寨，20 元一晚的旅馆很容易找到，我在暹粒住宿的费用是每天 2 美元；在越南也是如此，但一些较热的旅游景点周边可能会到 100 元 / 天。以上价格情况仅供参考。

关于骑行

自行车装备

自行车（优先选用山地自行车）
简单的修车工具、备胎 + 气筒、车闸皮、码表
尾架、驮包、防雨罩、后尾灯、座套、绑带
PS: 谷歌地图挺好用。

个人装备

骑行头盔、手套、护膝、魔术头巾、墨镜
骑行服、骑行裤、日常衣物、运动鞋和备用鞋、分体式雨衣
防晒用品及常用药物、干粮和水
万能电源转换器、手机和充电器、相机和充电器、大容量储存卡
有效期 6 个月以上护照 + 签证、证件照数张、Master 或 Visa 卡
行程或攻略、笔和记录本、纸质地图

骑行建议

1、要学会修单车，特别是换刹车皮和补胎。
2、早晨在高山骑行注意地面薄冰。
3、必须戴头盔，可以使死亡变重伤，重伤变轻伤，轻伤变无伤，离机动车越远越好。
4、多思考，少逞强，学会搭车，在不影响自己的前提下帮助别人。
5、不要走夜路，不要走雨路，不要在下坡时加速，虽然这都是刺激的体验，至少要做到三者分开。
6、带两个馒头一瓶水比什么都管用，特别是在落后地区骑行时。
7、刚开始屁股会有点疼，过不了几天就舒服了，骑行时两层坐垫不算多，关键时候还可上尿不湿。
8、刹车时切记先刹后闸再刹前闸。感兴趣的话可以在空旷的地方先试试高速骑行条件下先捏前闸的后果，这样会避免在车多的路上犯同样错误。
9、集中注意力，时刻握紧车把，摔车时车要推倒，人要及时趴到地上，不要太在意姿势是否帅气，否则可能会滚到悬崖下。
10、骑行时不要戴耳机听歌，不妨听听大自然的声音，眼睛要看前方。

正确的档位示意如下：（以“前 3 后 7 的 21 速车”为例）

- 如果前面是 1 档（最小档位，也是最省力、效率最低档位），后面最好配 123 档使用。这个档位一般用在爬山过程中，为了足够省力。
- 如果前面是 2 档（中间档位，也是最常用档位），后面最好配 23456 档使用。这个档位在日常骑行中建议使用，也是最常使用的档位。
- 如果前面是 3 档（最大档位，也是最费力、效率最高档位），后面最好配 567。这个档位用在下山过程中，加速使用。

最忌讳的是用前面 1 档，带后面的 567 档和用前面的 3 档带后面的 123 档使用。

云南篇

昆明翠湖

云南拥有非常丰富的旅游资源：西双版纳、丽江、大理、玉龙雪山、阳梯田、香格里拉、滇池、洱海、泸沽湖……早已闻名在外。如果你曾或至今仍然痴迷于武侠小说，那么你很可能还会因为无量山、琅嬛玉洞、五毒教、大理国、哀牢山等景点而驻足。所以说，把骑行东南亚的出发点定在这里其实未必合适，因为很可能过来大半月，你还在云南忘情流连。

云南美食

如果只是为了美食是不用出国的。云南美食遍布在云南每个城市，有正宗的过桥米线、宜良板鸭、怒江鱼、宣威火腿封鸡、鸡丝凉面、豆花米线、香竹饭，等等，还有一些我见过但叫不出名字的。重点推荐建水烤豆腐，遍及滇南城乡，一个一个的豆腐块放在铁条上烤，吃几个烤几个，听着滋滋的声音看着豆腐变成金黄，然后咬一口，外焦里嫩，是我一到滇南城市必找的最爱。云南少数民族众多，如果在 10 月初来还能遇到哈尼族的长龙宴，哈尼族人热情好客，可以吃到数十种美味佳肴。

南路起伏不定，路窄车多，好在全程都是水泥路。由昆明出发到通海县段比较复杂，可以自行安排，途中会经过抚仙湖、星云湖、杞麓湖三个丽的高原湖。之后的路较为简单，一路穿行在少数民族地区。从通海往南沿 S214 路到江城县，由江城县沿 S218 到易武乡，由易武乡沿213 到磨憨镇。这是一条非主流的路，路上遇到骑友的几率比较小，我所以选这条路是因为会经过元阳梯田。

点

明翠湖：南眺碧鸡，北瞰蛇山，水光潋滟，垂柳摇曳。“十亩荷花鱼世界，城杨柳佛楼台”，被誉为镶嵌在昆明城的“绿宝石”。每年的秋冬之际，有成千上万的红嘴鸥飞到昆明过冬，其中大多栖息在翠湖，成为城市中道靓丽的风景。

西南联大旧址：西南联合大学是在我国抗日战争期间，由北平的国立北京大学、国立清华大学和天津的私立南开大学南迁联合办学的学校，云师大校园是西南联大旧址，此外深秋冬初漫天的银杏叶也值得一赏。

滇池：滇池位于昆明市区西南，又叫昆明湖或昆明池，古称“滇南泽”，是云南省面积最大的高原湖泊，也是全国第六大淡水湖，素有“高原明珠”之美称。

抚仙湖：这里星罗棋布很多湖，抚仙湖只是其中一个，抚仙湖是中国最大的深水型淡水湖泊，珠江源头第一大湖，属南盘江水系。古有肖、石二仙传说，今有湖下千年古城的传闻。抚仙湖水蓝而清，海口镇村落环湖而居，可看日落。

建水临安古镇：古镇内古迹荟萃，有建于元、明、清各代的七寺八庙点缀在长街两侧。朱家花园、张家花园等大型民居特色鲜明，国内罕见。建于明代的临安镇东城门——朝阳楼，素有“小天安门”之称，城西五公里的双龙桥，又名十七孔桥，值得一去。

元阳梯田：元阳梯田位于云南省元阳县的哀牢山南部。早上，当太阳呈逆光角度驱散晨雾，层层梯田便渐渐染上金光，坐落其间的哈尼族彝族山寨，被云雾掩映得扑朔迷离，如诗如画，如梦如幻，再华丽的辞藻，用来形容元阳的那片土地都显得苍白。一年中最好的季节是 11 月至次年 4 月间。

李仙江：绿春县和江城县境内的李仙江河段，水量丰富，江两岸多为高山。李仙江风光旖旎，蜿蜒曲折，碧绿如玉。沿岸接近沙床处多为悬崖峭壁，时有奇洞异石，时有浓绿的青枝翠蔓垂拂江边。山林中野禽出没，鸟鸣猿啼声不绝，江岸边蜻蜓点水、蝴蝶群飞，沿江漂流，奇异风光美不胜收。

江城哈尼族彝族自治县：位于中国国境与越南国境、老挝国境相连的地方。在江城曲水乡南部的石层大山山顶上有一国界碑，正好是中国、越南、老挝三国的分界线，有着“鸡鸣三国”的称号。

曼滩傣族老寨：行政上隶属整董镇，干栏式建筑是傣族村寨最主要的特征之一。一幢幢形式独异的竹楼隐现在竹林之中，竹楼顶层面用瓦片和草排覆盖，富有浓郁的民族气息和特色。这是我所去过的最具有原始风情的少数民族院落，分外优美恬静。

曼滩傣族老寨

勐腊：云南最南端的一个边境县，属西双版纳傣族自治州，有世界罕有的热带雨林，有名扬四海的普洱茶和茶马古道。勐腊广袤浩瀚的热带雨林，不仅孕育了千姿百态的植物群落，也孕育了难于数计的动物家族，素有“天然动物园”的美称。

具体骑行日程安排

D1 昆明—海口 74km

路况：缓上坡，路较乱，路差，翻越丘陵。另外，刚出昆明时车辆较多，需注意安全。

此路段途经中国最大的深水型淡水湖泊抚仙湖。抚仙湖是珠江源头第一大湖，属南盘江水系。这里古时有肖、石二仙传说，如今有湖下千年古城的传闻。海口镇的村落即分散在抚仙湖四周，环湖而居。沿抚仙湖骑行让人印象最深刻的体验，乃日落时分临湖而坐观赏夕阳。

TIPS：骑行抚仙湖附近可由东西两条路线经过，我选择了东线。东线沿碧绿的湖水骑行，有种难以言说的惬意，且骑行东线可以观赏到抚仙湖格外宁静的落日。

D2 海口—通海 70km

路况：缓上下坡较多。

一路上很多地方都可以沿着湖骑行。途经的一些村镇，可以让你体味什么叫真正的贫穷。而当天的目的地通海县，正是 1970 年的通海大地震的发生地，当时震级为 7.7 级。

D3 通海—建水 71km

路况：下坡为主，大体起伏，没有路标，没有公路数。

红河建水古镇，1994 年被列为国家历史文化名城和国家级重点风景名胜区，是滇南红土高原上的明珠。这里有文庙、指林寺、朝阳楼、双龙桥、燕子洞等名胜古迹。

D4 建水—元阳（南沙镇）79km

路况：上坡为主，前半段或见平路，后半段较陡。

一路可以看到很多梯田，沟壑纵横，穿着有哈尼族服装的少数民族居民牧牛于田间，仿佛走在武侠小说中。

TIPS：元阳梯田前后是云南骑行线路最大的一个挑战，特别是持续的极为陡峭的上坡。当然，为了元阳梯田的美景这些辛苦都是值得的。时间充足的话可以在此停留一日，途中起伏的山路，风景极佳，有种“暮霭沉沉楚天阔”的意境。

D5 南沙镇—新街镇 30km

路况：完全吐血上坡 。

元阳县境内有 17 万亩梯田，是红河哈尼梯田的核心区，梯田最高级数达 3000 级，云霞蒸蔚。哀牢山风光美不胜收。

D6 新街镇—绿春 137km

路况：出新街 13km 上坡，然后 35km 下坡，之后仍有较多起伏，坡极险。

在云南骑行的精髓路段，盘山小路较多，峰峦叠翠，时而蜿蜒曲折，时而视野开阔，途经李仙江，江水碧绿，涟漪丝丝。

D7 绿春—大黑山 85km

路况：前 45km 左右下坡，前急后缓，途中有土石。

夜晚到达大黑山乡时，就像在荒野中忽然冒出一座城似的，霎时间变得灯火辉煌。

TIPS：进入云南腹地地区，这几天行程途经的地区经济落后，补给较少，不过食品还算充足，但是像样的单车店较难找到，需要在绿春的时候备好一切单车备用工具。这几天的骑行可以欣赏到云南的红土地。

勐腊

D8 大黑山—江城 60km

路况：山路起伏较大。

江城哈尼族彝族自治县，与越南、老挝两国接壤，为云南唯一与两个国家接壤的县，号称“一眼望三国”的所在。

D9 江城—曼滩 60km

路况：下坡较多，其中后 30km 下坡。

深入云南腹地，曼滩村自然村以哈尼族和彝族为主，在这里可以看到真正的少数民族风貌。

D10 曼滩—勐醒 95km

路况：出曼滩 10km 起伏，15km 上坡中有起伏，30km 下坡有起伏，10km 上坡，后 30km 下坡，大起伏。

西双版纳勐醒农场创建于 1959 年 9 月。这里盛产橡胶，一路可以看到很多橡胶树。过了勐醒农场以后很少还有大起伏的路，都是小坡度的起起伏伏无穷尽也。

TIPS：如果是计划单纯骑行云南省，应该从此处向西拐，可以深入到西双版纳腹地，然后沿着 G214 路北上到大理。如果走磨憨到老挝，需要继续向南，经勐腊到磨憨，然后出关。

D11 勐醒—勐腊 82km

路况：路况较好，前半段有起伏。

风景越来越漂亮，蓝天白云，可以领略西双版纳的风光，运气好的话可以见到大象和黄袍僧人。

D12 勐腊—磨憨 52km

路况：路况平坦。

出关！磨憨有很多湖南人在这里做生意，红屋顶的房子有些异域风情。磨憨可以快速办理出入境健康黄皮书。

老挝篇

老挝是目前我去过的最悠闲的国家，虽然贫穷但朴实、纯净。我来到这的时候临近元旦，人们在阳光明媚的田间野炊，他们很快乐地弹着吉他着鼓。一个当地的中国老板告诉我，她曾经雇了一个老挝人工作，做了个星期那个小伙子不干回家了，因为下半个月的米钱赚够了。在琅勃拉邦似乎很自然地就明白了宗教对于老挝人的意义。

老挝美食

老挝菜的特点是酸、辣、生。老挝啤酒是必须要喝的，虽然约合人民币10元左右的价格有点贵，但是绝对值得。老挝啤酒被美国《时代》杂志选为亚洲最好的啤酒，在中国却极难买到。老挝啤酒也是世界十大名啤之一，作为国营企业的老挝啤酒厂是老挝这个社会主义国家的骄傲。老挝的米饭多是糯米做的，像放久了的凉米饭，嚼起来很有韧性。其余美食就要到夜市里和路边找了，烤鱼、烤鸡、烤腊肉、老挝粽子等，都是非常值得一尝的。

老挝骑行主要是沿着13号公路骑行。13号公路是老挝境内最长的一公路，它由南至北贯穿整个老挝窄长的国土。这条由中国援建的公路，云南边境的磨憨小镇开始，经过琅勃拉邦、万荣，一直延伸到首都万象，后向东南方向拐去。

于老挝经济落差较大，有的地区人家稀落甚至荒无人烟，因此每天一定赶到所计划的目的地城市。如果时间来不及可以中途拦车，在这里，搭并不是一件很难的事。老挝段虽然不长，但如果一开始骑行从老挝开始，里起伏的路况绝对会给骑行生涯蒙上阴影。建议一天长一天短，这样可看风景和调养。

点

南舍：烈士陵园中国军人墓。为了支援老挝抗美斗争，中国政府应老民族团结政府的要求，先后派出了11万余人的筑路工程大军到老挝上地区修建公路，以利于我援老援越物资的运输。据史料记载，在援老抗战争中，中国人民解放军有269人献出了生命。今天，这些墓地到处草重生，墓碑锈迹斑斑，门外有老挝儿童在嬉戏，显得有些凄凉。

老挝清晨布施

琅勃拉邦：琅勃拉邦是老挝著名的古都和佛教中心，琅勃拉邦省首府，位于南康江与湄公河汇合处。

- **浦西山：**山坡上的寺庙都是比较新的建筑，但是攀登到山上的寺庙还是值得的，因为能看到绝佳的风景，尤其是接近日落时分，会有大量的中外游客在这里等待湄公河日落。
- **香通寺：**位于由湄公河与南康河冲击而成的半岛北端附近，是琅勃拉邦最宏伟的寺庙，其中的大殿代表了经典的琅勃拉邦寺庙建筑风格，其后墙上镶嵌着壮观的生命之树图案。
- **清晨布施：**琅勃拉邦的和谐安宁在清晨的布施中得到了极致的体现。早晨街边会跪满虔诚的布施者，当僧人们沿街走过，布施者就打开竹篮，把准备好的糯米饭、香蕉、饼干等食物放进他们的钵盂，然后双手合十，静静祈祷。

芒卡西：老挝中部壮观的喀斯特地貌只有去过才知道。像鬼斧神工般精雕细琢的喀斯特地貌间，蜿蜒回转的南松河缓缓流过，随处可见的稻田、河滩、草地、村落、木桥散落其中，加上低矮的天空，白云轻轻飘过，真有一种如在画中游之感。

万荣：这座被称为“小桂林”的小城，吸引了世界各地的背包客在此扎堆。在万荣，除了能够欣赏到秀美的山水外，还可以参与探洞、漂流、滑索等户外活动。围绕在万荣周边的南松河，两岸风光秀丽，是个漂流的理想之处。

万象：老挝首都万象(Vientiane)是一座历史古城，自16世纪中叶塞塔提腊国王从琅勃拉邦迁都于此后，一直是老挝政治、经济和文化中心。万象的含义是“檀木之堡”，老挝85%以上的国民信仰佛教，尤其值得一去的有塔銮寺、玉佛寺、香昆寺等。

- **塔銮寺：**传说早在公元前3世纪，从印度而来的阿育王传教队为了供奉一节佛祖的胸骨在这里建造了一座佛塔。美丽的金色塔銮寺是老挝最重要的国家纪念碑，它是佛教和老挝主权国家共有的标志。主塔形象还出现在了国徽里。
- **凯旋门：**是一座大型的纪念碑，高45米，宽24米，位于万象市中心，在总理府附近。1960年开始修建，1969年基本完工，原为纪念战争中的牺牲人员。1975年解放时，万象市群众庆祝胜利的游行从这里通过，为纪念这一历史性事件而将其称为凯旋门。
- **老挝国家历史博物馆：**坐落于一座建于1925年的陈旧的古典建筑里，曾经是法国总督官府，博物馆的前身是老挝革命博物馆，入口附近的展厅展示的是文化和地理方面的陈列品。

凯旋门

具体骑行日程安排

D13 磨憨—勐赛 (Muang Xai) 100km

路况：山路崎岖，多石方路，起伏尚可。

途经老挝乌多姆赛省勐赛市援老烈士陵园，一定要进去看看，有种说不出的震撼。骑行的话，一定要做好爆胎的准备，因为路实在太难走了。

TIPS：在老挝骑行应注意老挝当地车辆，甚至是一些货车已经习惯山路，在拐弯的时候都会加速，因此应注意靠路边骑行，拐弯时要控制速度，不要抢道。

D14 勐赛 (Muang Xai)—巴蒙 (Pak Mong) 60km

路况：坡陡弯急，连续上坡近 40km。

这天的骑行可谓一个转折点，再往南走就进入难度较大的山路中。

TIPS：老挝北部路面情况较差，貌似永远修不好。进入老挝前两天，多砖石路，且弯路较多，在此处应随时做好修车准备，途中断断续续可以遇到来老挝援建公路的中国工人，可以多打听道路情况，例如是否有泥石流或者重大施工影响交通，等等。

D15 巴蒙 (Pak Mong)—琅勃拉邦 (Luang Prabang) 101km

路况：山路崎岖。

琅勃拉邦是一个精致的古色古香的小山城，佛教是其主要内容。这里俯仰皆寺庙、民风纯朴、宛如世外桃源，值得停留数日。1995 年 12 月，琅勃拉邦被联合国教科文组织列入世界历史遗产名录。

TIPS：沿河边行走，沿途风景非常好。由于当地较落后，很多老挝居民沿街搭建茅草房而住，时不时有小孩子跑过，进入民居密集的地区应放慢车速，提高注意力。另，这里经常会有女人在路边洗澡，骑行途中安全起见还是别到处乱看为妙。

D16 琅勃拉邦 (Luang Prabang)—普昆（Phou Khoun）130km

路况：高低起伏，海拔由 33 米到 1350 米。

Phou Khoun 是个分叉路口，这里有很多旅游大巴停留，可以在此休息和吃饭，然后继续往南。

D17 普昆 (Phou Khoun)—芒卡西 (Muang Kasi) 43km

路况：路起伏回转，超出承受力。

Kasi 住宿旅店很多，是一个不错的休息站点，因为补给点较少的缘故，在琅勃拉邦到万象乃至剩下的路上，切记不可在里程上贪多。

TIPS：由琅勃拉邦往南，进入整个东南亚骑行路线上最让人崩溃的路程，人烟稀少，补给匮乏，各种旅游信息也相对匮乏，需带好备胎和干粮。不过好在大都是柏油马路，路况较理想，风景也相当的漂亮。需要注意的是清晨结冰的地面较滑，骑行时要多留神。

D18 芒卡西 (Muang Kasi)—万荣 (Vang Vieng)—蓬洪 (Phon Hong) 142km

路况：上坡下坡，上上下下超出想象力。

老挝中部的喀斯特风貌令人惊艳。途经万荣时，可以考虑在万荣休息一天，万荣被称为“小桂林”，这里很适合游山玩水，攀岩漂流。

D19 蓬洪 (Phon Hong)—万象 (Vientiane) 72km

路况：弯度和起伏程度导致路况极为难走。

老挝首都，与泰国隔河而望。在万象，可以游塔銮寺，过凯旋门，看湄公河日落，感受别国异样气息。

TIPS：走完云南省和老挝，基本上以后就不会再有这么虐的骑行山路。泰国、柬埔寨的骑行都以平原为主，而在越南又可以选择沿海而行，因此后面路上较少看到山岭风景，而平原风光和人文景观会渐渐多起来。

泰国篇

在泰国这个小乘佛教国家，时时处处都可以看到灿烂的笑容和阳光般的善意，这就不难解释为什么泰国会成为亚洲最受欢迎的旅游大国之一。如果时间充裕，建议去一趟泰北，那里的森林、瀑布、大象和小镇一定会让你流连忘返，当然，泰国南部的大海也同样诱惑力十足。如果时间实在紧张，那也不该错过曼谷，这座城市，每个人最少都应该去一次。泰国的路况较好，但自然风景也少了许多，部分路段可以考虑坐车以节省时间。

泰国美食

由于地处热带，泰国人喜欢食用富有刺激性的调味品，因此，泰国菜的口味一般偏重酸、甜、辣。吃泰国菜一定要勇于尝试各种调味酱，因为泰国菜的精髓皆在酱中。冬阴功汤、青木瓜沙拉、芒果糯米饭、菠萝饭、炸香蕉、烤鱿鱼、烤鸡腿、烤肉串，还有各式各样的鲜榨果汁都是必须一尝的。在泰国，不妨多钻钻小巷子里的小店，往往会有意外的惊喜。

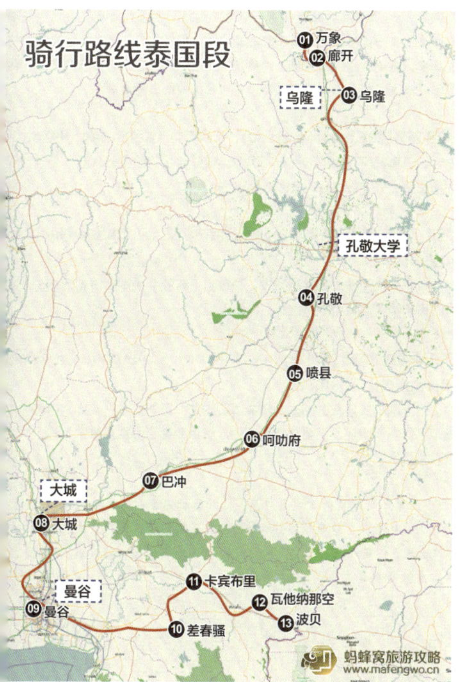

泰国和老挝被湄公河隔断，河两边的城市分别是万象和廊开。河上有座中老友谊大桥，从这里出发沿着2号公路往南，可一直到北标府（Saraburi）。泰国北部的公路皆在平原上，路面优质，没有太多起伏，但也少了风景，这部分路段可以考虑坐车。而后面的大城至曼谷部分，可谓泰国的精华所在，建议稍作停留。从曼谷途经差春骚到卡宾布里一段，车流较多，需注意安全。

亮点

乌隆：距离曼谷564公里，是伊森地区主要的商业中心，因世界古迹史前文化村落挽昌而著称于世。乌隆是越战时期美国空军基地所在，因此当时迅速繁荣起来，充满了活力。现在的乌隆有些没落之感，尤其是在傍晚时分，一群群乌鸦停留在破旧的建筑和电线上叽叽喳喳叫个不停，十分有电影感。

孔敬大学：孔敬大学经泰国王批准始建于1964年，是泰国最著名的公立大学之一，在全泰国排名前5位。孔敬大学很有文化艺术气息，随处可见宽阔的草坪、拔地而起的参天大树和成群结队的泰国美女。路边有很多泰国王后的画像，更添端庄而美丽的气息。

大城：又叫阿育塔雅（Ayuttaya）。大成王朝（1351-1767年）是暹罗历史上最长久的一个王国，历经了5个王朝30多位国王。鼎盛时期攻占了高棉，是当时东南亚最强大的国家。同名的古都大城，坐落在曼谷以北的湄南河畔，其中的马哈泰寺、帕席桑碧寺、拉嘉布拉那寺等寺庙尤其值得观赏。

曼谷：

- **玉佛寺：**Wat Phra Keo位于泰国曼谷皇宫内，与皇宫同建于1789年。玉佛殿是玉佛寺的主体建筑，大殿正中的神龛里供奉着被泰国视为国宝的玉佛像。玉佛高66厘米，宽48厘米，由一整块碧玉雕刻而成。每当换季时节，泰国国王都会亲自为玉佛更衣，以保国泰民安。
- **大王宫：**泰国诸多王宫之一，是历代王宫保存最完美、规模最大、最有民族特色的王宫。大王宫景色极为精彩，汇集了绘画、雕刻和装饰艺术的精华。大王宫和玉佛寺合称为曼谷的标志，是泰国旅游必到之地。
- **卧佛寺：**曼谷卧佛寺位于泰国曼谷市帕那空区。曼谷卧佛寺是泰国最古老佛寺之一，总面积约八十万平方米，它拥有超过一千尊佛像，以及泰国最大室内卧佛像。卧佛身长46米，高15米，眼睛和足趾都镶嵌贝母。
- **五世王铜像广场：**北京奥运火炬于2008年4月19日在泰国首都曼谷进行传递，这是火炬传递的终点——五世王铜像广场，此处有五世王铜像和泰五世王宫殿可供游览。
- **暹罗广场：**暹罗广场是曼谷的年轻人最喜欢聚集的地带，可以媲美日本新宿区、台湾西门町。看过电影《暹罗之恋》的人，都会对这里印象深刻吧。
- **胜利纪念碑：**这个象征军国主义的遗物建于1941年6月，用以纪念暹罗在入侵印度支那的战争里击败了法国，因而吞并高棉西北部及老挝南部的领土这一历史事件。中央的方尖碑，呈一把军剑形象，围绕的5个铜雕像，分别代表陆军、海军、空军、警察及文职人员。
- 巴真武里：巴真府在过去是一个繁荣的城镇，有美丽的瀑布和运河，很受自然冒险家的欢迎。Bang Pakong河流淌而过，为小镇平添几分色彩。

孔敬大学

具体骑行日程安排

D20 万象（Vientiane）—廊开（Nong Khai）—乌隆（Udon Thani）83km

廊开是个美丽的港口，是进入泰国的第一个城市，进入廊开顿感进入了现代社会。由这里远眺老挝，景色怡人，其中日落时分的湄公河显得格外醉人。越南战争将昏昏欲睡的乌隆市变为迅猛发展的城市，为临近的美国空军基地提供支持。自1976年美军撤退，乌隆在不断地发展，一度是东北地区的工业和商业中心，但现在这里有些没落的感觉。

TIPS：泰国作为曾经的英联邦国家，车辆会靠左行驶，一开始可能会不习惯，不妨放慢速度，慢慢适应就好。泰国骑行途中较多seven-eleven便利店可作为补给站。

暹罗广场

D21 乌隆 (Udon Thani)—孔敬 (Khon Kaen) 110km

孔敬府内著名的金刚眼镜蛇村值得一游，整个村落都以饲养眼镜蛇为主，家家有蛇，场面壮观，令人大开眼界。

D22 孔敬 (Khon Kaen)—喷县 (Phon) 74km

路上中转站，平原风景厌倦了的话，可以乘坐大巴车。

TIPS: 跟老挝相比，泰国北部自然风景少了很多，一路往南都是笔直的柏油马路，如果时间紧张可以去车站乘车。泰国旅游业比较发达，选择乘火车或者公交车都很方便，但是要注意规避节假日，每逢此时泰国人都跑到泰国去旅游，座位较稀缺，需至少提前一天订票。

D23 喷县 (Phon)—呵叻府 (Nakhon Ratchasima) 125km

那空叻差是玛 (Nakhon Ratchasima) 又叫"呵叻府"，是通向东北部的大门，是一座古老的大城市，也是东北的商业重地。府内有不少古迹，如哇沙拉罗寺、哇贴披它甫那南寺等。

D24 呵叻府 (Nakhon Ratchasima)—巴冲 (Pak Chong) 120km

巴冲有一个国家公园，不过这里更多的是中途停留补给的地方。

D25 巴冲 (Pak Chong)—大城 (Ayuthava) 105km

大城（阿育塔亚）寺庙众多，这里有马哈泰寺、帕席桑碧寺、拉嘉布拉那寺等寺庙，历史文化悠久，在梵文中意思为"固若金汤"或"不可破灭之城"，这里是600年前的泰国古都，这里曾在1350-1767年作为古暹罗国的都城达417年。

TIPS: 如果不去柬埔寨吴哥窟，在这里也能体会到沧桑的历史古迹，或可停留一日，骑单车去周围寺庙逛逛。随着不断接近曼谷，进入经济发达地区，车流繁多，应注意躲避车辆和遵守交通规则。

D26 大城 (Ayuthava)—曼谷 (Bangkok) 82km

天使之城曼谷是泰国首都，来到曼谷，大皇宫、玉佛寺、卧佛寺、暹罗广场、胜利纪念碑等地都是绝对不可错过的旅游景点，只不过在曼谷实在是太容易迷路了。

D27 曼谷 (Bangkok)—差春骚 (Chachoengsao) 75km

差春骚距河口20km，附近盛产稻米、椰子、木材，可以领略真正的平原风光，田野中有白鹤。

TIPS: 由曼谷往东，路多且杂，很容易迷路。如果想少走冤枉路，携带导航应该会好走些，或者用手机打开谷歌地图并定位。不过大体上只要一直往东，还是可以回到大路上。此段路适合以城市为目的地进行骑行，没有固定路线，可多领略平原风光，亦可往南借道海边看海。

D28 差春骚 (Chachoengsao)—卡宾布里 (Kabin Buri)80km

途经的巴真武里有美丽的瀑布和运河，很受自然冒险家的欢迎，不过时间都花在路上了，很难有机会去领略这些美景。

D29 卡宾布里 (Kabin Buri)—瓦他纳那空 (Watthana Nakhon) 122km

越往东走，工业城市气息越浓厚。这段路上有很多大型超市和运输车，骑行时需留神。路边摊的小吃让人印象深刻。

D30 瓦他纳那空 (Watthana Nakhon)—波贝 (poipet)—诗梳风 (Sisophon) 78km

波贝是泰国到柬埔寨的口岸。需要当心的是，虽然这里已经比之前传闻中规范了很多，但还是不要随意跟陌生人说话或者接受别人帮忙为妙，以防被勒索小费。

TIPS: 单车可以推行过波贝口岸，此处已经不像以往传说的那么恐怖，特别是柬埔寨波贝口岸的工作人员胸口都明显配有工作牌，上面清楚地写着工作号，但是还是有必要看紧身边的物品。如果有人热情地帮你提箱子，那你要做好事后被索取小费的准备。

柬埔寨篇

巴肯山

柬埔寨经济并不发达，很多路边的房子仅仅是一个草棚。首都金边就像80年代的北京，但是这里依然值得去看一看。在吴哥窟，在被古树缠绕的石堆之中，我领略到信仰的力量；在金边，从陈列着的很多亡灵的骷髅中，我感受到了沉重的历史。总而言之，柬埔寨是一个可以让人灵魂深处有所触动的地方。

柬埔寨美食

柬埔寨整体经济较为落后，常见的美食主要有面条、汤、烧烤、炒饭、喱、沙拉、甜点、蔬菜、热带水果等。不过在旅游业发达的地方，比如暹粒和金边等，可以吃到世界各地的美食。我个人最钟爱街头随处可见的法式面包和炒面加煎鸡蛋。

在柬埔寨骑行，感觉就像是走在希望的田野上。车少，路好，风景漂亮。虽然柬埔寨经济较为落后，但是路边有很多当地的居民在做小买卖，补给点较多。除了著名的吴哥窟外，柬埔寨还有很多迷人的小镇都值得一探，深入到腹地会发现柬埔寨的人们真的很善良。此外，个人认为骑单车是体验柬埔寨落日的最佳方式。

亮点

诗梳风：位于柬埔寨西北部边境城镇，地处交通要道，地理位置十分重要。其中 5 号线与 6 号线国道的交叉路口，是去波贝的必经之路，往西去向泰国，往东去向马德旺和金边。从诗梳风还可绕道去班特清麻 (Banteay Chhmar) 的寺庙。

吴哥窟：在中国古籍上，吴哥窟有个好听的名字叫“桑香佛舍”。1296 年，铁穆耳派遣周达观出使真腊，周同学公费旅游之后写了篇游记叫做《真腊风土记》，书中称吴哥窟为“鲁班墓”。1819 年法国人雷慕沙首先将周达观所著《真腊风土记》译成法文。法国生物学家亨利 · 穆奥因为《真腊风土记》而得知吴哥所在，他基本上是按照周达观所述的路线到达吴哥窟。在穆奥的大加赞赏下，吴哥窟开始被越来越多的人所关注。

TIPS：吴哥窟门票价格分为 1 天、3 天及 7 天三种票价，1 天 20 美元 / 人，3 天 40 美元 / 人和 7 天 60 美元 / 人。我当时买的是 7 天联票，一个月内的任意 7 天，3 天的票就一周内任意 3 天。如果踩着单车，建议买 7 天的票，才不会留下遗憾。

吴哥窟：吴哥窟的内墙上刻着的浮雕是印度神话里的故事及苏利亚瓦尔曼二世的生平事迹。吴哥窟建立期间，苏利亚瓦尔曼二世出动了全国最好的工匠、彩绘师、建筑师及雕刻家，历时 37 年才完工。苏利亚瓦尔曼二世建立吴哥窟是为了供奉印度教的毗湿奴。由于毗湿奴神的代表方向是西方，所以吴哥窟是吴哥古迹里少数大门朝西的建筑。由于西面亦代表死亡，高棉人也把吴哥窟称为“葬庙”。

· **巴戎寺：**由苏利耶跋摩一世初建，它的整体构成是以传说中佛教最高境界的须弥山为样本。在阇耶跋摩七世统治的末年，大约是 1200 年，巴戎寺得以重修。今天吴哥古迹的大部分建筑是当年阇耶跋摩七世所主持修建的。巴戎寺的神秘微笑尤为著名。

· **巴肯山：**是吴哥几座代表须弥山的寺院中的第一座，建于耶输跋摩统治时期，约 9 世纪末 10 世纪初。

· **塔布茏寺：**建于 12 世纪晚期，巴戎风格。时任统治者为阇耶跋摩七世。著名的老树根是那部关于柬埔寨的电影《虎兄虎弟》片头采景的地方，当时有老虎钻到庙里，但人们的视线却依旧停留在这树根上，于是闻名。几乎所有到此的人都要在这里拍照留念。

· **女王宫：**是一座吴哥风格的建筑，建于 12 世纪苏耶跋摩二世期间。很多人认为女王宫是吴哥艺术王冠上的一个明珠，因为它雕刻得实在太精美了。

提醒：吴哥的许多建筑都很高，而且楼梯又陡又窄又滑，要注意安全，别逞强，一双合脚的鞋也是必要的。骑自行车或电动车游玩要注意交通安全，尤其是看日出、日落时早出晚归，郊外公路上是没有路灯的，最好带上手电或头灯，让来往的汽车能看到你。

磅同：是暹粒和金边中途的必经之路，可以前往三坡波雷古迹中的前吴哥窟时代寺庙，或者柏威夏省边远地区奇异的寺庙，在这里可以体验柬埔寨传统的乡村生活。

金边：从经济发展水平和城市建设水平上看，柬埔寨的首都金边就像 80 年代的北京，但是这里依然值得去看一看。

· **S-21 监狱：**位于金边市南，原本是一座高中，波尔布特时期被用作关押犯人的集中营。这里曾经囚禁了 17000 多名知识分子、平民及妇孺，每天被折磨死的人不计其数。到 1979 年横山林政权攻入金边，这座集中营只剩下 14 具尸体和 7 名幸存者。馆内展出的刑具和介绍令人毛骨悚然。

· **杀人场：**位于金边南郊，曾经是红色高棉的集中营。1975 年，波尔布特领导的红色高棉攻克金边夺得政权，此后三年间，柬埔寨失去了它近三分之一的人口。到目前为止在杀人场挖出的尸体就有 9000 多具，所以此处又称“万人塚”。1988 年，政府在此建了一座佛塔，用来安放从坟塚里挖掘出来的头骨。

· **国家博物馆：**建于 1913 年，目前馆内收藏有 4-10 世纪、吴哥王朝等时期的手工艺品及雕刻艺术品。博物馆呈开放式设计，异国风味十足。中央建有一座小亭，供奉了一尊神像，周围有四个人造荷花池。这里展出数幅法国摄影师拍摄的吴哥照片，以及很多吴哥窟雕塑的真品。

国家博物馆

具体骑行日程安排

D32 诗梳风 (Sisophon)—暹粒 (Siem Reap) 110km

这里就是吴哥窟所在地，如果有时间，就在这里待七天，在这里待的时间越长越不会后悔。

TIPS: 进入柬埔寨，会感觉世界忽然安静了。一路经过平原地区，体味到贫穷的柬埔寨的同时，也能感受到其秀丽的平原风光，途中遇到的捕鱼者以及挂在地平线上的落日，还有平原上的微风，各种元素都为骑行旅途增添不少乐趣。

D33 暹粒 (Siem Reap)—磅同 (Kompong Thom) 133km

磅同是暹粒和金边中途的必经之路，也可以选择经洞萨里湖坐船到金边，领略湖景风光。

TIPS: 若有时间可以选择去探访洞萨里湖上的越南浮村，那里的居民都是以前战争时期逃过来的越南难民，他们负担不起回家乡的路费，也买不了当地的地皮，于是就在水上建设起了浮着的家园。

D34 磅同 (Kompong Thom)—金边 (Phnom Penh) 145km

金边是柬埔寨的首都，被称为"50 年前的东方巴黎"，监狱博物馆、王宫、国家博物馆、杀人场等必去的景点，感受这个国家那不算太遥远的历史。

D35 金边 (Phnom Penh)—柴桢 (Svay Rieng) 132km

离开柬埔寨的最后一站。

TIPS: 这段路程我选择的坐车，路程较为平坦，也比较容易骑行，若时间紧张不如把时间留到胡志明市。

越南篇

越南离中国那么近，却又那么远。越南狭长的海岸线涵盖了一切关于大海的美丽。到越南之前，我从未想象到越南会是那样的迷人：南部区域到处是西式情调街道，夜晚氤氲迷人；中部区域山峦叠翠，古香古色；北部区域嘈杂热闹却不失沧桑庄严，随处还可见身着奥黛长服的背影和纤细的腰肢。越南路线太长，建议选择重点区域游玩，其余坐汽车。OPEN TOUR的车票不限时间上下车，使用很方便。

越南美食

越南饮食深受中国菜和法国菜的影响，同时又具备南洋特色。越南菜总体而言较为清淡精致，口感以酸甜和微辣为主。其主要食材有猪肉、牛肉、鸡肉、虾、扇贝和各种海鲜，常用蒸、煮、烧烤和凉拌等烹调方式。越南人做菜还喜欢使用各种香料：柠檬草、罗勒、薄荷、芹菜及新鲜的莱姆果等，还有著名的沾酱鱼露。在越南，河粉、春卷和甘蔗虾是不能错过的特色美食。值得一提的还有越南融合了法式和本地特色的咖啡，很多人对越南美食的好感都是首先来自各式各样的咖啡。

自胡志明市开始，一路沿着越南国家一号公路北上，多是平坦或坡度不大的丘陵地带。越南风光主要在南部和中部，长长的海岸线让人陶醉，而北部风景较为平淡，部分路程可以选择坐车，以提高效率。

TIPS：由于越南过于狭长，在越南的骑行可以跟OPEN TOUR BUS结合起来，买一张OPEN TOUR的票（价格从20到24USD不等），可以享受3个月内的从河内到西贡之间数个城市随意停留，只需走之前提前订票，OPEN TOUR到达的停车地点往往就是热点旅游中心，能容易地在附近找到便宜的旅馆，非常方便。一般单车的随车托运价钱是票价的一半。

亮点

胡志明市：1975年4月30日，为纪念越南共产党的主要创立者胡志明，西贡更名为"胡志明市"。胡志明市位于湄公河三角洲地区，是前越南共和国的首都和目前越南南方经济、文化、科技、旅游和国际贸易的中心。我是从《情人》这部电影里初次认识到西贡的，它的故事和风情令人无限向往。

总统府：又称独立宫或统一会堂。建于1869年，是法属时期的印度支那总督府，是当年胡志明市规模最大的建筑群。南越伪总统吴庭艳、阮文绍、阮高其等都先后在这里办公，现辟为展览馆。楼高四层，除面上三层和两栋楼阁外，还有一个地下层，层顶还有可供直升飞机起降的机坪。使用总面积达13万平方米。

西贡圣母大教堂：位于胡志明市中心，建于1877年，是西贡的地标建筑之一。因其主立面采用鲜艳的红色，又被称为红教堂。教堂的红砖映衬在蓝天下分外抢眼，高高的双尖顶、红砖外墙和细部特征，体现了文艺复兴时期的建筑风格。

玉皇庙：这是座中国式庙宇的瑰宝，由广东会馆于1909年建造。庙里有很多五颜六色的神仙和奇人异士的雕像，是胡志明市最吸引人的寺庙。

战争犯罪博物馆：原名叫"美军罪恶博物馆"，展示了越战期间美军使用的飞机、炮弹和各种毒气弹。室内部分是以图片、地图和文字来描述越战期间美军如何以先进武器、不人道手法来杀害越南人，在越南和美国建交后才改了名字。这些描述美军暴行的图片绝大多数来自美国。

芽庄：芽庄是极具代表性的越南沙滩之一，海滩绵延数里，沙质洁白、细腻，海水清澈，极适海浴游泳、日光浴。一直以来，芽庄是一个较为僻静的海滨小城市，目前正在渐渐受到关注。

会安：会安是越南最早的华埠，早在17世纪时就有不少从商的华人到此落地生根，几百年来华人在此繁衍生息，形成一个繁荣昌盛的华人社区。这里的华人会馆非常多，中华会馆、潮州会馆、福建会馆等，建筑雄伟壮观，金碧辉煌，保持着传统的中华建筑风貌。晚上的会安异常迷人，透着一种古典的安详之感。

海云岭：海云岭位于岘港北面30km的海边，是长山山脉的支脉海云山的主峰。站在位于海云岭上的海云关，可以远眺南北两面长长的越南海岸。目前海云岭已不再是重兵把守的地方，但山顶还保留当年南越军队的碉堡，是著名旅游景点。海云之间，风景无限，被誉为人生必去的50个最美的地方之一。

顺化：被蜿蜒清澈的香江穿城而过的美丽城市顺化，曾是越南的三朝古都，其古建筑群被列入"世界文化与自然遗产"。岘港至顺化一带，还被美国《国家地理》杂志评为"一生中必须看一次的50个地方之一"。

顺化皇城

· **顺化皇城**：越南阮氏王朝的皇宫，是越南现存最大而较完整的古建筑群，代表了越南古代建筑艺术的最高成就。其建筑样式基本仿照北京城和北京故宫。皇城为方形，有四个城门，四周有护城河。蜿蜒流经的香河，给这座独特的古都增添了别样的气质。

· **天姥寺**：天姥寺中最为醒目的是那座远远就可以看到的八角形宝塔。宝塔高七层，分别代表佛祖七种不同的化身，塔内供奉着一尊镀金的笑佛，以及三尊细致优美的佛像。外面还围有六尊守护神的塑像。

· **香江**：越南顺化自然景观的重要组成部分，风光富有诗情画意，被誉为"顺化的灵魂"。香江畔的奥黛女郎是其中一道极为美丽的风景。

还剑湖：越南首都河内众多大小湖泊中最著名的一个，南北狭长，呈椭圆形，面积约12公顷。过去有水道与东距不远的红河相通，后来被河堤隔断。湖岸四周树木青翠，浓荫如盖。湖水清澈如镜，幽雅娴静。岸边伴有笔塔、和风塔、水榭等古建筑，水中有玉山祠、栖旭桥、镇波亭和龟塔等胜迹点缀。

具体骑行日程安排

TIPS：在越南，我大部分旅程选择坐车，重点旅游了几个城市，并骑行海云岭这一著名的骑行线路。值得注意的是，由于越南骑摩托者众多，因此骑行时应格外注意交通安全。在胡志明市，有些路口似乎永远都等不到绿灯。

D36 柴桢（Svay Rieng）—胡志明市（Ho Chi Minh City）110km

胡志明市已经不再只是曾经的老建筑和旧马路模样，更多时候看到的景象是，这边是盖到一半的摩天大楼，那边却是凌乱的菜市场。在市区里，人和车都多得让人有眩晕之感，过红绿灯时，好像永远等不到川流不息的摩托车停下来。如果有时间停留，不妨去看看红教堂、战争犯罪博物馆、胡志明总统府等地方。胡志明市的背包客聚集点在范五老街。

D37 胡志明市（Ho Chi Minh City）—隆庆市（Long Khanh）90km

刚出胡志明市的一个落脚点，一路上人流较多，应注意安全。

TIPS：一路上城镇不断，风景平平，可以考虑一大早出发，赶在天黑前骑到美奈，或者选择搭车，在美奈稍作休整，感受左手沙漠右手大海的神奇景色。

D38 隆庆市（Long Khanh）—潘切市（Phan Thiet）—美奈（Mu Ne）116km

数年前的美奈，还是一个默默无闻的小渔村，如今越来越被世界游客所关注。此处的白沙丘令人惊艳，若有时间也可以留心路边的婆萨努塔。这座位于美奈通往潘切的 706 国道 5km 处的古塔历史悠久，在路上可以纵览美奈美景。

香江

D39 潘切市 (Phan Thiet)—大叻市 (Da Lat) 165km

到这个路段，地势有所抬高，海拔高度为 1500 米，路程里有近 80km 的山路。大叻市是著名的避暑胜地，这里有美丽的瀑布和湖，风光明媚，四季如春，百花盛开时如诗如画，市中心有许多美丽的湖泊。

TIPS：骑行者或是穷游者没必要取道大叻市，大叻更适合来度假。如果不经过大叻，可以继续选择一号公路沿海北上，道路平坦宽广，车辆较少，路边可见沙地、热带植物和绿色田野，当然大海也是必不可少的。

D40 大叻市 (Da Lat)—芽庄市 (Nha Trang) 134km

芽庄是东南亚背包客最多的地方之一，这个安静的小镇不仅有美丽的沙滩和悠闲的生活节奏，还为不少世界知名的摄影师所爱进而选为举办摄影展的场地。小镇里小书店林立，可以找到来自世界各地的图书，其中一些甚至是上个世纪七十年代出版的老书。

D41 芽庄市 (Nha Trang)—绥和市 (Tuy Hoa) 124km

绥和市是一个旅游城市，山上有占婆时期的寺庙。在市区往北边约 2km 的婆那加占婆塔，供奉的是天依女神。

D42 绥和市 (Tuy Hoa)—归仁市 (Quy Nhon) 97km

归仁市附近有占城国古都遗址，占人故地原是中国汉代所置日南郡的象林县。公元 192 年象林县功曹之子刺杀县令，自号为王，始建占城国。这里亦是 18 世纪的越南皇帝阮惠出生地和越南战争中大量美军的驻扎地。

TIPS：芽庄到广义的路沿海为主，起伏较小，路上的车也非常少，但经过小村庄时仍需减速慢行，注意行人，沿途补给点较多。偶尔也会遇到一些靠海的小渔村，那种远处有几座小岛，近处有几艘小舟的感觉很好，在这条路上仿佛会把一辈子的海景都看掉。

D43 归仁市 (Quy Nhon)—广义市 (Quang Ngai) 175km

这里有长达 127km 的越南广义长城。这条“越南版长城”北起广义省，南至平定省，被部分越南历史学家称为阮氏王朝时期“最伟大的工程业绩”。

D44 广义市 (Quang Ngai)—会安市 (Hoi An) 119km

会安是座古镇，在 17 世纪时即拥有东南亚最大的港口。1999 年，会安古城被联合国教育科学文化组织宣布为世界遗产。我至今记得黄色的墙面和秋盆河的日落。如果没有在芽庄看日出，那么在会安的时候就千万不要再错过了。

D45 会安市 (Hoi An)—岘港 (Da Nang)—顺化市 (Hue) 147km

位于越南岘港市的海云岭被评为人生必去的 50 个最美的地方之一。这段路一定要骑行而过才不浪费。顺化是越南最后一个王朝的都城。

TIPS：对于从河内顺时针开始骑行的朋友，在翻越海云岭的时候可能会稍微有些难度，会有两个较大的上下坡，但其实坡度并不陡，这天出发一定要早一些，为后半程留足时间。除了云天相连的美景，海边的墓碑林也会给人留下深刻的印象。

D46 顺化市 (Hue)—河内市 (Hanoi)

河内是越南的首都，经济不发达，风景平淡。印象最深刻的是好多假冒的 Sinh Cafe 店，以及晚上老街的喧嚣。还剑湖是这里最有名的风景区。

附录：各国签证信息

老挝旅游签证

老挝旅游签证费用：300 元（4 个工作日出签）
签证有效期：60 天
签证停留期：30 天，单次入境

所需材料：
1. 有效期 6 个月以上的护照
2. 护照用照片 2 张
3. 签证申请表填写 2 张，用英文大写填写
4. 身份证正反面复印件、护照首页复印件
注：可办理加急，1 个工作日出签 900 元。

老挝驻北京大使馆
地址：北京市三里屯东 4 街 11 号
电话：（86-10）6532 1224

老挝驻昆明总领馆
地址：昆明市东风东路 96 号茶花宾馆主楼 1 楼
电话：（86-871）317 6623

泰国旅游签证

泰国旅游签证费用：250 元（3 日出签）
签证有效期：90 天
签证停留期：30 天
1. 有效期 6 个月以上的护照
2. 二寸彩照 2 张
注：泰国旅游签证加急费用 600 元（2 个工作日出签），800 元（1 工作日出签）。

泰王国驻华（北京）大使馆
地址：北京市建国门外大街乙 12 号双子座大厦西塔 15 层 1501B
联系：（86-10）6566 1149，6566 4299，6566 2564（咨询签信息请拨打分机：102-103）

泰王国驻（上海）领事馆
地址：上海市威海路 567 号晶采世纪大厦 15 层
电话：（86-21）6288 3030
泰王国驻上海总领事馆领区范围为：上海，浙江，江苏，安徽。

泰王国驻（广州）领事馆
地址：广东省广州市环市东路 368 号花园酒店 2 楼 M07 室
电话：（86-20）8385 8988

泰王国驻（成都）领事馆
地址：四川省成都市航空路 6 号丰德国际广场 3 号楼 12 层
电话：（86-28）6689 7861

泰王国驻（昆明）领事馆
地址：云南省昆明市东风东路 52 号昆明饭店南 1 楼
电话：（86-871）316 8916，314 9296

泰王国驻（西安）领事馆
地址：陕西省西安市解放路 77 号裕朗国际大厦 4 层
电话：（86-29）8743 3320，8743 3393

泰王国驻（南宁）领事馆
地址：广西省南宁市金湖路 52-1 号东方曼哈顿大厦 1-2 层
电话：（86-771）552 6945-47

泰王国驻（厦门）领事馆
地址：福建省厦门市虎园路 16 号厦门宾馆 3 层
电话：（86-592）202 7980，202 7982

柬埔寨旅游签证

埔寨旅游签证费用：300 元（3 个工作日出签）
证有效期：90 天
证停留期：30 天

需材料：
申请者护照原件（护照有效期 6 个月以上）+ 复印件
3 张半年内的白底照片（规格 3.5x 4.5cm）
申请者身份证复印件一份（需要复印正反面）
如实填写申请签证资料表

：
柬埔寨旅游签证加急费用 550 元（2 个工作日出签），650 元（1 个作日出签）
目前柬埔寨在推行电子签证，电子签证只需发送扫描护照和照片签证可，价格比贴纸签稍微便宜。

埔寨驻北京大使馆
址：北京市东直门外大街 9 号
话：(86-10)6532 1889

埔寨驻上海总领事馆
址：上海市天目中路 267 号蓝宝石大厦 12 楼 A 座
话：(86-21)5101 5866

柬埔寨驻广州领事馆
地址：广州市环市东路 368 号花园大厦 8114 室
电话：(86-20)8333 8999-809

柬埔寨驻南宁领事馆
地址：南宁市民族大道 85 号南丰大厦 2 楼
电话：(86-771)588 9892，588 9893

柬埔寨驻重庆领事馆
地址：重庆市江北区洋河路 9 号 A 栋 1902
电话：（86-23）8911 6415

柬埔寨驻昆明领事馆
地址：云南省昆明市新迎路 172 号官房大酒店 4 楼
电话：（86-871）331 7320

越南旅游签证

越南旅游签证费用：400 元（4 天出签）
签证有效期：30 天
签证停留期：30 天

所需材料：
1. 有效期 6 个月以上的护照
2. 在护照最后一页须签名（中文姓名）
3. 护照至少有 2 张连续页码空白页（该页与该页反面）
4. 持换发护照者，需同时提供所有旧护照原件
5. 近期内拍摄的 2 寸白底彩色半年近照 2 张（规格 3.5x 4.5cm），请在照片背面用铅笔写上自己的姓名
6. 身份证请用 A4 纸复印正反两面各 2 份

注：越南旅游签证加急费用 800 元（2 个工作日），1000 元（1 个工作日）。

越南驻北京大使馆
地址：中国北京建国门外光华路 32 号
电话：（86-10）6532 1155

越南驻上海总领事馆
地址：上海市浦东大道 900 号华辰金融大厦 3 层 304 室
电话：（86-21）6855 5871/2

越南驻广州领事馆
地址：广州市海珠广场侨光路华厦大酒店 B 座 2 楼北部
电话：（86-20）8330 5910，8330 5910，8330 5916

越南驻南宁总领事馆
地址：广西南宁民族大道 109 号投资大厦一楼
电话：（86-771）551 0562

越南驻昆明总领事馆
地址：云南昆明北京路 157 号佳华广场酒店 C 座 2 楼
电话：（86-771）352 2669

越南驻香港领事馆
地址：香港湾仔湾仔道 230 号佳成大厦 15 字楼
电话：（00852）2591 4517

走起车轮弟

一辆二手单车的**东南亚**骑行日记

天天 著

中国人民大学出版社
·北京·

ĐƯỜNG
3 THÁNG 2
ĐƯỜNG
LÝ THƯỜNG KIỆT

โรงแรม
มิตรสัมพันธ์
511079

自序

你只是生活在别人的世界里

到了快毕业的年纪，事情就多藏在心里，不易表露了。当听到人们高谈阔论人生意义的时候，我只觉得蛋疼。

出发前的半年里，我天天在上课时捧着那本关于东南亚的“黄色圣经”研究，我的同学们开始还很好奇，会问些问题——老挝在哪里？是不是与中国接壤？柬埔寨没什么印象，吴哥窟不是在泰国吗？越南太遥远了吧，知道有个越战，跟中国有交往吗？

我倒是很乐于为大家解释清楚这些问题，但显然这些遥远的东西比不上拿奖学金、考公务员、考研、留学这些要面临的问题来得现实，而这些话题我基本插不上嘴。

于是大家都习惯了我，我也习惯了大家。

我做准备的那段时间心里还是很忐忑的，因为如此长时间地坚持跑图书馆、泡网、看摄影书、做攻略，让自己所预想的每段路程都烂熟于胸，却并没有对最后成行抱有十足把握。

总得有个什么名义吧？我当年骑川藏线的时候，大家多是支持奥运会的，奥运会完了，就开始支持世博会，这世博会也完了，是不是该迎接世界杯了？实在不行我就支持世界和平吧，弄个“peace and love”条幅。但是转念一想，咱这个境界有点不够高。见过的很多骑行车友，主要的表现是到一个著名景点，拍完这个 logo 再换那个横幅。问累不？他们笑笑说，有赞助呗。

你知道，当时作为学生我没有收入，又不想用父母的钱，我的钱全来自于炒股，但股市不是提款机，只能等行情，而等待，是件很折磨人的事。

在这段日子里，我否定了很多方案，我曾经痛苦于是要从新加坡一路往北骑到昆明，还是从尼泊尔出发往东骑到越南回国，后来因为缅甸军政府的签证难办致使我否定了东西穿越，后再犹豫从新加坡到泰国后是一路往北还是转而东行。

每一个地方我都不舍得放弃，你不会了解我多次在心中所描绘的那些美丽。

久而无法抉择时，再看看那如死人心电图一般的股票走势，很多想法只能像膨胀的泡沫一般最后无声崩掉。

所以我那段时间对股市甚为敏感，寝食难安。当股票放量收盘为红盘时，我激动于终于要突破压力位，不觉幻想连拉几个涨停板就好了。拿根铅笔在地图上两点之间画上一道儿，然后数数几个国家，小弟就从这个国家到那个国家了，也就七八个国家而已，也就骑单车而已，低调！

可一旦股市收绿盘，我脸都要绿了，心里只能念叨这到哪里止损好呢？若股票跌到这里，每天的预算就得减少一些；股票再跌，就要把坐飞机的钱省出来了；再跌就得少去一个国家；再跌下去大不了再去趟西藏，出国游转国内游了。

我也曾幻想，如果有人赞助我骑行该多好，我会很快地做出一个酝酿已久的全球骑行方案，告诉他我还会用我的文字和照片给他带来很丰厚的回报。我的赞助者不会像其他人那样觉得我的骑行计划是疯狂的，但我会觉得我的赞助者疯了……

没实力的话叫作意淫，有实力的话叫作雄心，就是这样的。梦想在天上轻轻地飘，没有钱垫脚，谁能摸得到？

记得当年俞敏洪老师在我们隔壁学校兜售成功学时，有些话确实说到了我的心里。他大概是说：“英语学不好，是因为你们决心不够，比如你们在座的很多人都想去西藏，可是为什么你们还在这里坐着？你们有太多的借口，没有钱、有危险、父母不同意，等等，其实你们还是不够想去，我要是你们，我会拄着拐棍，一路乞讨着去，并且今天晚上就准备，明天出发！”

我觉得他说的有道理，因为我之前骑川藏线就是这么做的，我的理解是：这个世界很多东西都是说不准靠不住的，唯一能相信的只有自己的信念，忠于自己。

当然，学英语还是要多讲究方法。

2009 年 12 月 1 日，我以 7.25 元的价格清仓所有股票，赚够了我预期的 8000 块钱。如果股票不给力，我可能会先打一阵子工。总之，决定了的事情，是一定要做成的。我曾经考察了很久打工旅行的做法，后来发现这对中国人来说很难，你知道主要是签证方面的问题。

当相对赚够了钱，我忽然发现很多问题都清晰了起来。比如到昆明办老挝和泰国的签证，到泰国办柬埔寨签证，到柬埔寨办越南签证，而之前我连办张护照都觉得是浪费钱，万一去不了这护照以后用不上，钱不白花了？

由于钱不够坐飞机，只能陆路进、陆路出。从昆明出发，过老挝、泰国、柬埔寨、越南，北上回国。时间上来说，尽量把成本摊平，争取在春节前能够回来，这也就是仅有的两个月时间。

确实，手里拿一小把钱选择洒向哪里的痛苦还是比干瞪眼看地图快乐些。

尽管该股票在后来的两日里最高涨到 8.87 元，但这都与我没有关系了。我像杰克一样弄到了我的船票，船马上要开了。

人应该死在自己所坚信的事情上，而不是永远仰望别人的生活。

目 录
CONTENTS

Yunnan

云南

Laos

老挝

Thailand

泰国

Cambodia

柬埔寨

Vietnam

越南

云南

骑行在路上，
仿佛一段段音乐篇章，
有时舒缓悠扬，
有时壮怀跌宕，
有时也会跑调……

12月06日 初访春城昆明

自行车：140 元　出租车：20 元　吃饭：11 元

刀具：4 元　住宿：100 元

骑行在路上，仿佛一段段音乐篇章，有时舒缓悠扬，有时壮怀跌宕，有时也会跑调……

昆明初印象

坐了两天一夜火车，清晨到昆明，觉得一切都很新鲜。中国的城市几乎是一个模样，但昆明不同，在这里能见到许多穿着很有民族特色的小姑娘，我很喜欢摄影，见到什么都想拍下来，尤其是姑娘。

出了昆明火车站，迎面走来一少数民族小姑娘，正忐忑着是否要上前索要张照片，侧面一看，背后还有个孩子，于是就算了。这种情况，我不知道该怎么搭讪——你好，姑娘！孩子多大了？哟嗬！白白胖胖好可爱呀。

我见过很多少数民族姑娘背孩子的摄影佳作，但到自己拍的时候，总感觉拿个这么大的单反杵在人家面前，太突兀。我要背个孩子，谁这么对我，我也会不舒服。

曾经在一个城市，我手拿相机，前方的路边是一个垃圾堆，一条狗在垃圾堆上找食物，这时一个乞丐来了，把那条狗赶走，狗在旁边等着，乞丐在垃圾堆里翻着自己的晚饭。我意识到这是张绝佳的具有人文主义情怀的照片，可最后还是没有抬起相机，我下不了手，人都是有尊严的。当然，老这样子手软也会错过很多机会，但祖德的脸，不是一天长成的。

昆明这个地方有种不是很安全，却又很和谐的感觉，到处都是警车。

我走出火车站后，就开始举着地图问人："不好意思，请问一下郊区怎么走？"有的人会一愣，说："你指哪个郊区？"我说："最近的郊区。"

我就这么边问边找了过去，便宜的住宿只会在郊区，这个方法值得大家借鉴。最终找到家 30 元一天的店，我啃了俩馒头，好好地睡了一觉，然后去完成第一个重要任务——买单车。

“巨资”购买单车

打车到张官营，之前从网上得知这里有二手单车卖，可到时才发现，此处已经搬得干干净净，正在盖楼。

我说：“司机师傅，这个……我不是来买房子，这哪儿有卖单车的啊。”他说：“你四处逛逛吧，附近应该就有……你还得给我一块钱，燃油税。”

于是我又开始一路走一路问人，是谁说过出门全靠一张嘴？

先是找到家小旧货市场，没什么像样的单车。之后先摩托车，再转公交，到了之前问路的时候有人提及的某女子医院附

让我又爱又恨的单车，人民币 140 元

近，还是没有找到。

我站在路边茫然四顾的时候，一位看似不经意路过的中年女子眼神闪烁地问："要买单车哇？"她的眼睛有点小，皮肤有些粗糙，瘦瘦矮矮的，尤其是她的神情……我赶紧说："是的。"然后坚定地看着她，其实心里在怀疑暗语可能接得不对。

她带着我走了好远，穿过一条都是卖二手家具的很拥挤的街，路两边有人在用旧木头生火，火焰有半米高。一辆运家具的小卡车卡在了路中间，耽误了行人赶路，却仿佛没有人在意时间。

从一条小巷拐了进去，又上了很陡的三层楼，伴随着"吱哟"一声，房间木门被这个中年女子打开，两辆山地车映入眼帘。下午的阳光透过窗户照射在两辆车的后轮胎上，灰尘在光线中弥漫。我觉得就是右边那辆了，因为不可能是左边那辆已经生锈的。

我已经逛了一下午，实在没有多余的精力和时间了，车是旧了点，但是可以自己修修，打理一下，只要价钱可以接受。要价 180 元，最后还到 140 元成交。这价钱，对得起省会城市的档次。但有了后来的经历后我常常在想，若是推走那辆生锈的车，或许会好一些。

偶尔抬起头，天很蓝，很好。

12月07日 西南联大岁月留痕

签证：400元　吃饭：24.5元

只有走进一个地方，才会真的了解。

今天第一件事就是办签证，签证随着取证时间的不同价钱也不同，可以理解的是当天取最贵。周末签证官要休息，我等不了那么长时间，可是往往越着急越没用，连泰国国庆日泰使馆休息一天也让我赶上了。在钞票和时间上衡量许久，考虑到很多因素，否定了很多方案后，决定星期一送签，星期五取。

记得老挝签证两天取300元，泰国签证两天取100元。

西南联大旧址

西南联大的今天

签证办完后去了云师大，即西南联大旧址所在地，刚进校门就感觉到一片祥和，忽然觉得有些大学跟暴发户似的。

学校不大，我走走逛逛就到了西南联大的原校址。在门口不远的地方遇到一个姑娘，一个很典型的中国姑娘。我说："可以给你拍张照片吗？"她很羞涩地说："不拍了，不上相。"然后站在原地不动。"我问："你怎么不走？"她说："刚洗完头，要在这里晒头发。"晒头发？我在心里乐了。我们聊了一会儿，没聊出什么火花，我一度怀疑是不是自己长胖后魅力下降了。

西南联大是由当时的国立北京大学、国立清华大学和私立南开大学联合而成，卢沟桥事变后为躲避战乱而建。三座学校先于 1937 年 10 月迁移到长沙，组建长沙临时大学，随着当年 11 月国民政府迁都重庆，知识分子们一路随行，当时迁入云南的高校有 10 余所。在那个兵荒马乱的年代，西南联大为中国保留了精神财富，直至今日还是知识分子的一个精神家园，尽管当时条件艰苦，但那是一个充满理想和信仰的年代。

参观西南联大展馆时，我不禁也有了这种感觉，要珍惜现如今来之不易的生活，这样才能让先辈欣慰。但又一想，这个念头是不对的，它陷入了孔融让梨的怪论，仿佛先辈挑了小梨，后辈就该心安理得地吃大梨。

其实这个怪论有问题，往往挑小梨的，才能总有梨吃，因为如果你挑了大梨，下次分梨的时候就不会再找你了，好比毛同学和蒋同学。显然，前者对梨更有研究。

爱上一个地方

逛完云师大还有时间，就去临近的云大看看。天稍晚，但还是被满路的银杏树惊艳了。

在路边，遇到了一个叫邝云的美国女孩，她给我的感觉很特别，我感受到了那种源自丰盈的内心才能展现出的孩子般的笑容。

她穿着条少数民族的裙子，坐在操场边看书。

我问："我可以给你拍照片吗？我会把照片发邮件给你的。"

她笑了，说："需要我怎么做？"

她抬头微笑的时候我已经抓拍了一张，我说："你看书就好了。"

结果她又埋头看书了，头偏低不利于拍摄，我不好意思再打搅，这个尴尬了，幸亏刚抓拍了一张。我拿出小本儿，想让她把邮箱地址写下来，挤了半天挤出了一句问话："你为什么在这里看书？球会砸着你的。"

这句话着实不咋地，搭讪水平有待提高。

云南大学 爱笑的美国女孩儿。

她轻轻地微笑着说："这里有阳光，还有落叶。"

她来云大读研学的就是汉语，她讲了裙子的来历，是她去云南南部少数民族地区旅游时买的，还讲了她来这里读汉语的感受，等等。我讲了我的计划和打算，她也提到她的一个朋友，准备骑摩托车环游美国边境，她说她也想去。

我们交流得很顺利，聊天感觉也挺好，因为她汉语很好。

在这里四处逛着，遇到一些人，我开始觉得昆明是个很安逸的城市。

往往一个地方的一些人会影响你对这个地方的看法。

晚上上网找越南资料，在 QQ 上碰到一个男生，他准备去越南找工作。他问："你是南京的？"我说："是的。"他又问："那你是南大的吗？"我说："不是。"他说："可，你是南京的。"我估计有情况，问他怎么了。他说："曾经喜欢的一个女孩在南京。"我一听就知道后来的内容基本就悲剧了。

生活的意义可能只需要几个幸福的瞬间，一个人的微笑温暖一个人一天，一个人的回眸迷恋一个人几年。感动往往来自于不经意间，然后就变成了一种盈盈于心的感觉，伴随一生。

这也是旅行的某种意义所在，经历感动的瞬间。

12月08日

翠湖边的耄耋老人

修车：17元　午饭：14元　超市购物：36.5元　上网：5元　存车：8毛

永远有多远，没有人能回答。

新买的二手车要好好整治一下，可一上午找不到一家修车铺。好不容易找到一家卖单车的店，介绍路边不远的一家可以修，我像找到救星一样扑了上去。

可介绍完了这辆车的诸多毛病后，老板很不乐意，态度极差，冷冷丢了句“修不了”就走了，我以为他还会回来，至少把能修的先修一下，可他却没有回来……

终于又找到一家——我就一直这么逛着找，因为我错误地以为修理自行车的这类行当应该散落在大街小巷，但现实很不乐观。再后来找到的这家我说就先修后胎吧，气快跑光了。我吸取上次的教训，一点毛病一点毛病地说，修一点是一点，不要一下子把问题全抛出来。

整理完单车后时间不早，直接杀到云大，本以为是上课的时间，趁着校园没人的时候拍拍银杏树，结果大家都是这么想的。不过还是太美了，半下午的阳光打亮了整条路，一片金黄，这是今天的第一个惊喜。

然后出云大到翠湖，一片海鸥，直接震惊了，我长这么大见过的鸟儿加起来都没有这么多。

在湖边玩儿的时候，遇到一个安详的老奶奶，当时她在闭目养神，就先偷拍了一张，偷拍老太太是不用脸红的，但相机快门的声音让她睁开了眼。

我微笑着上去聊天："我可以给您拍几张照片吗？"

老奶奶笑了，默许。等我拍了几张后她说："这里的鸟儿漂亮，你多拍拍鸟儿。"

我拉近拍了一张肖像后，回头锁定湖里成群的海鸥，海鸥瞬间消失了，我感到很不可思议。老奶奶让我拍鸟的时候，正是拍群鸥起飞的最佳时机。

老奶奶说："你看那几个落单的，一会儿领头的就回来叫了，一叫它们就全走了。"

我说："对啊，它们见一个飞起来就都飞起来了。"

奶奶神秘地说："其实它们都是有组织的，它们飞的时候都是一个小组一个小组的，总领头的飞一圈，各个组领头的就跟着飞起来，然后就都飞走了。"

我问："那它们都飞到哪儿去啊？"

奶奶说："滇池啊，白天飞过来找吃的，晚上就飞回去睡觉咯。"

我又问："那它们都是从哪里飞来的啊。"我对这些鸟儿实在是感兴趣。

奶奶说："西北……"

我一开始没听清楚，问："什么西北？"口音上还是有点小障碍的。

她说："就西北里哪儿。"

我还是没听明白，迎合地点点头，奶奶看出来我没听懂，声音稍大地又讲了一遍："你不知道那个地方吗，很远的，西北……"

这次我明白了："啊！是西伯利亚，那么远啊，在俄罗斯啊！"

奶奶说："就是苏联，西伯利亚在苏联，中国的北面，很远很远的地方。"

我问："您是昆明人吗？"

她说："我不是，我是青岛人。"

我问："那您来昆明多少年了啊？"

昆明—翠湖 海鸥们晚上会飞回滇池。

翠湖边 我还是比较喜欢和老人聊天。

她说："好几十年了。"

我说："改革开放前吗？"

她若有所思的样子，接着张口说道："五十年了吧。"

我震惊了一下，继续问着："当年为什么来昆明啊？"

奶奶说："工作呗，组织上安排的。"

我说："那也太远了啊。"

她说："这里天气好，冬天不冷，要是在北方，冻得可连手都伸不出来。"

我说："是啊，昆明四季如春，挺好的，也适合老人居住。"

正当我想问下去的时候，她突然开口问我了："小伙子，你是哪里的？"

我说："我是河北的，在南京上大学。"

奶奶说："噢，南京大学。"

我说："不是，是南京的一所大学。"

她说："什么，不是在南京吗？"

我连忙说："是在南京。"

她说："哦，还是南京大学。南京有个地方叫雨花台。"看来学校的事情是说不清楚了。

我说："对，您知道南京的雨花台，还有中山陵，总统府，很多好的地方。"

奶奶问："中山陵？孙中山吧？"

我说："是的，他安葬在那里。"

奶奶说："孙中山到底埋在哪里啊？广东也有纪念馆。"

我说："就是在南京，紫金山脉，还有总统府啊，当年国民政府在南京办公，所以很多民国的遗迹。"

奶奶又说："广东的一些纪念馆还收门票，南京的不要吧。"

我说："那咋能！收，收得还很贵。"

奶奶说："这些地方啊，国家不该收门票的。"

我说："还不断在涨价。"

奶奶说："是啊，油也涨，盐也涨，什么都涨，这些年涨了太多。"

我说："特别是房价，涨得离谱啊。"

奶奶问："你学的什么啊。"

我说："我学的新闻。"

奶奶说："噢，所以你喜欢拍照。"

我说："算是有点关系。"

奶奶又问："那为什么你不上课啊？"

我说："大四快毕业了，没多少课了。"

奶奶说："这个我知道，该写论文了吧。"

我说："是啊。"我看天也晚了，于是问道："天晚了，您什么时候回去啊，有人接您吗？"

奶奶说："不用人接，我有卡。"她说着掏出张公交卡：

“60 岁以上免费乘车，我都 70 多了，工作也几十年了，对这儿很熟。”

我说：“您早点回去吧，晚了天冷，注意安全，我先走了。”

奶奶说：“好，走吧。”

我说：“再见啊！”

奶奶在我转过身时叫住了我，说：“祝你毕业论文顺利通过啊！”

我笑了并说：“谢谢！”心想，这年头没有人不通过的了。

我不禁感叹，老人年轻的时候组织决定了人的一切，人是没有个体存在感的。当然，这或许只是在社会多元化的今天我们对当时的一种解读，其实或许天真些想，那个年代的信仰就是这样的，而人活在信仰中是件快乐的事情。

我发现我还是比较喜欢和善于跟老奶奶聊天，没啥重点，聊啥都行。曾经有个老奶奶和我聊了半个小时，非得让我和她孙女见个面，我上学走了后，直接到我家牵线相亲来了，我妈感到很意外，忙说有对象了，不用介绍认识了。

其实，对我来说，和一些姑娘交个朋友，还是可以的。

12月09日 红嘴鸥背后的故事

配件：一套修车工具 + 打气筒 + 螺丝刀 + 两用改锥 =39 元

吃饭：31 元　上网：7 元　住宿：30 元

彼岸虽远，并非不去的理由。

上午跑了很多地方，在谷歌地图的帮助下，终于把路上一系列所需物品搞定了。找修自行车的小铺还要动用谷歌，可见时代真的不同了。

下午又去了翠湖，我已经迷恋上了这个地方，但据说鸟儿没有以前多了。在手机上看到条新闻，标题是：翠湖红嘴鸥减少 6000 只，明年还会来吗?

从 1985 年开始，海鸥便来到昆明，翠湖的红嘴鸥已经融入了当地人的生活，昆明有很多很多人与海鸥的故事让人感动。比如，在翠湖边有一座“海鸥老人”的雕像，他叫吴庆恒，老人的

1985 年，红嘴鸥首次来到昆明。

晚年与这些海鸥一起度过，他几乎每天走 3 个多小时从城郊的家到市中心的翠湖公园去喂海鸥。

但并不是所有的鸟儿都像它们一样幸运。若鸟儿对一个地方有益，那就是人与大自然的和谐相处；若无益，那就是鸟屎太多，污染环境，或者从社会和谐方面考虑——不能影响广大人民群众休息。我很敬佩那些民间的环境保护人士，他们才是真正爱护鸟儿、爱护大自然的人。

人与自然在翠湖已经提前和谐，因此你可以见到这些鸟儿比翠湖旁边的小贩待遇还要好，至少城管来了它们不用跑。但一个省会城市容下了千万只的鸟儿，却连个路边修自行车的小摊儿都容不了……

飞行了万里的小鸟，不就像正在路上的我嘛。那城市中一排排的防盗栏，正好给这些鸟儿歇歇脚吧。

12月10日
大美滇池

吃饭：24元　修车：12元　上网：3元　住宿：30元

罗马不是一天建成的。悲剧的是，我发现我的自行车是“罗马”牌的，它不是一天能修好的。

今天一整天的事情都很琐碎，就是东跑跑西跑跑。我仍然在留意着修车摊，希望出发前能把车子再检修一下，让它强壮些，这样可以省掉以后的很多麻烦。

等了数天的快递终于拿到手，还是我自己跑到两个快递点拿的，是在网上买的一些码表、驮包之类的东西，从城这头跑到城那头，浪费了很多时间。我问快递员为什么不送过来，他们回答得很干脆：“找不到你住的地方在哪里。”

我定睛一看，那快递员光头纹身，虎背熊腰，有点儿当地组织“带头大哥”的感觉。还好我度量大，就不追究了。

我拿完第二个快递出来的时候，看到路边树下靠着一块牌子，上面写着修单车，我就停在了附近——莫非修车也需要暗号？快赶上天地会分舵了。果然旁边一个店的老板出来了，告诉我："往前走，对，你走，一直走，有个公司，找那家公司的保安就好。"

我就这么莫名其妙地找了过去，原来这个李师傅既当保安又修单车赚外快，修车时躲在公司家属院门口一个墙角，谁买菜回来都招呼一声："修车呢，老李！"

这个李师傅确实很仔细，很负责任，不让他修的地方他也修，零零碎碎地松紧了很多地方。他是一个平凡的人，是一个高尚的人，他只躲在门后自己的地盘儿赚点外快，门外那是城管的地盘，所谓"井水不犯河水"就是这个意思吧。

还有一件高兴的事是在路上买到了军用胶鞋，川藏路上穿的就是它，很轻很耐穿，很好很实惠。之后按着地图指示去滇池。

往滇池走的路上我基本上处于迷路的状态，问了两个交警，结果两个人差点吵起来，他们指示的方向完全是相反的。我只好拿着地图自己找，有的时候地图也是不准的，最后终于顺着一个小村庄里的小路，成功地摸索到了滇池，后来我弄明白了，其实两个方向都到滇池。

滇池的落日和归巢的红嘴鸥。

滇池的美，很难用语言描述。而在这样的风景优美之地，旁边自然离不开一排排气派的行政大楼，还有一些样式别具一格的二层别墅，别墅的视野自然极其开阔，据说某明星在这里有一套，那也是再正常不过的了。我只是想去滇池看看日落，再看看美丽的鸟儿，可鸟儿越来越少，别墅越来越多。

那些红嘴鸥白天在翠湖，晚上就回到滇池了，据说这是专家考察了好久得出的结论。

回来的时候车胎气儿已经跑光了，我分析着应该是去的时候出的问题，因为过地下人行道的台阶时，我是骑下去的，当时大家投来的佩服的眼光让我很受用。

从此以后，车子坏变成了一种主旋律。

于是只能推着走，遇到一家修车铺（实际上遇到的多是修电动车的车铺，极少数的会修一下单车），依然是个很不耐烦的老板，就补了一个漏气处，也没有查其他位置就交工了。

这么心急火燎的状态我只有看股票跌的时候才会有，找钱的时候我看了一下，老板竟然一心一意扑到电脑上偷菜去了，我第一次觉得偷菜损害了我的利益。

晚上试图把相机包装到前车把上，包是装上了，前把却装不上，我快疯了！这就是我出发前一天的状态。

12月11日
马车代步的偏僻小镇

修车：44 元（包括双变速、后闸、两条闸线等）饮料：9 元 午饭：18 元　晚饭和住宿：29 元

路线：昆明——呈贡（18km，路较乱，沿彩云路往南）——马金铺（14km，路差）——澄江（23km，翻越丘陵）——海口（19km，缓上坡）

共 74km

出发前的一切困难都是借口，事实上永远没有所谓的准备好这种状态。

早上找到昨天的修车师傅，处理好最后一些问题，又配了些附件，终于赶在 10 点出发了。骑了好久，眼冒金星，四肢发软的时候发现自己还没有绕出昆明，还在立交桥上转圈。

问路多得不到靠谱的答案，有时听不懂方言，但对方却很热心，所以结果常常是被瞎指挥一通。呈贡之后无路标指示牌，此处上高速路被

从昆明出发。

路遇车友邓杰，他已骑行大半个中国。

赶下来，经人指示走了一条很破的路，大车过后，尘土飞扬，蔚为壮观。然后可以看到我骑个小破车从尘土中冲了出来……

我走的这条非主流路线周边，其经济发展程度和不远处的城市简直是天壤之别，更别提与昆明这样的省会大城市相比。我以为是偶然，经历过很多境况之后才发现是常态。

我路过一个叫作马金铺的地方，这个地方最大的特征就是马还是主要运输工具之一。从满是高楼大厦的昆明骑行不过一个多小时就到了以马为动力的地方，让人情何以堪！

过了马金铺，初次翻山，其实就一个小土坡，可刚出发还是吃不消。一开始觉得有点累，有点不适应，之后就更累，更不适应了，终于等到差不多进入了状态，上坡却结束了，下坡就一泻千里。很多事情都是这样的。

今天我亲历了抚仙湖的美景，这也是我执意要走这条路线的最重要的原因。风景美得让人陶醉，我完全无法想象这是一个会发生干旱的地方。这里的人们沿湖而居，沿湖而耕，沿湖而行，他们把湖称作“海子”。抚仙湖这个名字就容易让人产生充满诗意的联想，虽然我到的时候，黄昏已尽。

到海口小镇后，很久都没有找到住宿的地方。天慢慢黑了，没见多少灯光，我甚至错误地以为这个地方不通电，折返了好几次，才找到。原来，需要拐进一条路灯不亮的街里。

吃饭的时候遇到一个吸水烟的老汉，就是海口当地人，人很好，很善聊。他问我：“你家是哪里的？”我说：“我是河北的。”他说：“你是河北的啊，你们那个三鹿很有名啊！”我嘿嘿地笑着。这里的人很热情，谁都会跟你聊两句，都会跟你微笑一下。忽然想起回忆里的小时候，人情味儿还是很浓的。

第一天出发，最大的感觉就是累，但我路上遇到一个“正能量”同行，叫邓杰，四川资阳人，他激励了我，让我把累踩在了脚下。那是刚出呈贡的时候，他正在往昆明骑，他的车子比我好点，其他就接近“自虐”了。他拿出地图给我看，说自己已经骑行了大半个中国，出来也接近半年了，不可思议的是只花了600元左右，基本上住路边，吃馒头，或去人家里蹭饭。他为了远行，高中毕业就出来了，没有上大学。如此纯粹而泛滥的理想主义让我感慨万分。

车友见面当然聊得很开心，他问我：“你去哪里啊？”我说：“我骑行东南亚啊！”

我问他：“你的计划呢？”他说：“我环游中国啊！”

这要是路过的人听见了，心里肯定会想：这俩人中午喝多了吧。

12月12日 神秘抚仙湖

饮料：7元　修车：32元　吃饭：28元　住宿：15元

路线：海口——路居（31km）——雄关（12km，上坡）——通海（27km，上下坡）

共70km

总有一些画面让你流连忘返，难以释怀。

早上骑行在美丽的抚仙湖边，路的左边是依山而建的村落，人们还保持着传统的捕鱼为生的生活方式，矮矮的房屋前坐着上了年纪的老人，还有四处撒欢儿的狗，路的右边是湛蓝的湖水，在微风下泛起丝丝涟漪。

正当我惬意地欣赏这湖光山色时，车胎“啪”的一声，响亮而干脆地爆了。第一次如此响亮而干脆的爆胎，竟让我感觉相当爽！同时，它也揭开了我路上修车的序幕。

抚仙湖　湖光山色中蕴藏着一对儿“神仙同志”的动人故事。

抚仙湖名字由来

据说抚仙湖下有座古建筑群，甚至一段时间内还盛传该湖中有水怪，据说有十几米的大鱼浮出水面，鱼脊如帆船，鱼头如牛。1981 年、1983 年、1996 年、1997 年都有相关传说的记载，还好这里的水怪没有尼斯湖水怪炒作得成功，否则游人如织会打破这里的平静。按照惯例，一个美丽的名字背后往往都有段动人的传说，抚仙湖也不例外。

相传某日玉皇大帝闲来无事，俯瞰众生，发现一颗状如葫芦的明珠，湛蓝明净，波光粼粼，美丽至极。大帝便令肖、石二仙下凡，描摹这人间美景，带回天宫，装点天界。

结果肖、石二仙只顾搭手抚肩地观看赞叹，忘了画画，亦忘了归期。日复一日，年复一年，两位神仙变成了两座石峰，伫立在湖边。在抚仙湖的东南方，确有两座形似搭手抚肩、俯视明珠的石山，不出意外便是肖、石二仙变成的，抚仙湖之名由此而来。

据我考证，这是民间最早的关于神仙同志故事的记载。

过了抚仙湖后路面多起伏，往雄关走时还迷了路，各位路过这里时一定要多问人。往后还有两个漂亮的小湖，几乎都是转过山，湖就突然出现了，波光粼粼。

在纳古看到了漂亮的清真寺，本以为到通海了，便在这里吃饭，但后来又经过很多小村镇，走上大路，才快到通海。本来还想努努力再往下骑一站，结果车胎压到了路边的小石子，又跑气儿了，只能停下来推车去临近的县城。

我意识到这样下去进程太慢，几乎跟个蠕虫似的往前挪，肯定赶不到过年前回家。一天 100 公里都骑不到，虽说是山路，也得到 80 公里才合理，只怪自行车太不给力，终究还是因为预算太紧张。

那场地震

通海这个地方，我是有半点了解的，行前做攻略在网上查这个地方时，跳出了很多关于地震的消息。1970 年 1 月 5 日凌晨 1 时 00 分 37 秒，通海县发生 7.7 级大地震。死：超过 15 621 人，伤：超过 32 431 人（百度资料）。

这个消息 30 年后才解封，当事人都已变成历史的尘埃。

对比后来发生汶川地震后的各方表现，发现进步还是很大的，或许是因为中间还有次唐山地震积累了宝贵救灾经验，而更多的还是时代的进步。可悲之处在于，今天所经历过的，人们也会很快就忘记。

我们看四十年前的很多事情，觉得可笑，不可思议，四十年后的人看我们，依然会觉得可笑，可是我们能做些什么让现在发生的事情不那么可笑吗？

中国不只有北京、上海、东南沿海等富裕地方，还有很多穷的地方，这些地方的穷，不是一个镜头的特写所能概括的，而是一种长时间的浸淫到生活每个角落的物质和精神的贫乏。在中国的许多地方，一年又一年，除了建筑变了变，服装变了变，其他的基本上没变。

12月13日
一个人和一座古城

吃饭：33元　住宿：20元

路线：通海——高大——曲江（30km，下坡为主）——建水（前25km，上坡为主，后16km，下坡为主）

共71km，整体起起伏伏，没有路标。

如题。

一个人意味着什么？

如果有人对我说："我一个人。"那么这一定意味着什么。如果他在路上，那是他孤单了。

一个人在路上，孤单太久就淡得慌，淡得多了就要思考，思考深了就会有感悟。

于是我感悟出了一个严肃的问题，自己还是太胖了，胖到影响扭头。腮帮子肉太多，这是我继裤子太窄穿不上，进门肩膀撞墙之后的第三个重要感悟。

一座古城又意味着什么?

古城是个点，过去与未来在这里交汇。一讲到古城，便充满了诗情画意。

建水古城为南诏时期（公元810年前后）所筑，据明万历年间成书的《滇略》记载，“临安之繁华富庶甲于滇中”，可谓是古代名邦。

其实很多古城的诗情画意都留在了过去。我准备攻略的时候在网上看到关于建水发生的7名中学生强奸案的报道，又顿时让我头皮发麻。

晚上去网吧，被告知要交7块钱得到激活码之后才能上网，其实就是得办张卡。收银员讲是公安局安排的，整个云南省统一标准。我说我一路从昆明过来的，没有地方要办这个什么激活码，收银员见糊弄不住我，就又强调了一遍：“想上网，先交7块钱。”

我相当不爽，质问道：“公安局怎么会有这样的规定？有说明原因吗？”本来还想理论，我发现身后的几个人手里已经拿着数好了的7块钱。

这种不合理的要求让我今天没有上成网，但想想可能年底了，各部门都吃紧，也就理解了。

记得小时候有一次买水果，我看着有点少，便问：“这斤两够不够啊？”老板娘说：“我这秤用了几年了，又不是单给你

建水古城 留在过去和照片里的诗情画意。

用的，你又不比别人少！”当时我就被这个逻辑给绕晕了，好强大的思维。

要说现代社会没有什么信仰吧，或许这句话是不对的，如果对权力和金钱的崇拜也算一种信仰的话。不在放荡中变坏，就在沉默中变态。所以一只猪跑了，寻找自我去了。

骑行进入了瓶颈期，根据以往经历，突破这两天就会好很多。问路人到建水还有多久，好不容易有人说快到了。他说了个数字，可我弄不清楚到底是 30 公里，还是 3、4 公里。其实很多时候我并不是想问个明白，只是想问问而已，让孤单的终点有个预期。

12月14日 这里山路十八弯

上网：9元 吃饭：18元 住宿：15元

路线：建水——坡头（40km，上坡为主，前半段或见平路，后半段较陡）——元阳南沙镇（39km，全下坡，弯急，土石路）

共79km

真实的山山水水，看多久都不会累。

这段路确实骑得很辛苦，并且攻略上很多信息都是错误的，让我很挠头。

出了建水，一直走了40km的上坡，这是一段让人崩溃的路程，总以为上坡没了，可拐个弯儿还是上坡，意志快磨完了，最后是把自己硬拖着上去的。下坡的时候也不能爽一下，路急弯多。上坡上得虚脱，下坡下得肝颤，累得想把自己的两条腿卸下来换成新的。

行程又被拖延了，我很焦虑以后的路是否能赶得完，最要命的是我开始觉得无聊。这种时候，会希望有个队友，毕竟相互鼓励一下也是种很大的动力。

晚饭吃到了很好吃的烤豆腐，吃完就把之前那些焦虑忘了，反正走一天是一天，享受旅程嘛！在这种情况下，人会变得很简单。

这里的人给我一种对一成不变的生活的茫然感。我路过一个村落的时候人们都在看我，我能感觉到自己离他们的世界很远，因为他们的眼神里并没有什么诉说。

从眼神中，你能知道他们过得是否幸福。

不要说洋溢着喜悦，那是领导慰问时镜头下的表情。

因为我自己也常常举着一个大大的镜头，所以总会思考些关于摄影的问题，我觉得摄影是一门很虚伪的艺术。

既然是艺术，就不免是升华了的，但它不是一幅画，不是一个石雕，它是一幅照片，是一个会让人们相信事实就是这样的东西。当你定格了一个地方的一组日出，人们为其美丽而感叹。可当人们千里迢迢地赶到这里，却发现不是这么回事儿，只感觉山头光秃秃的。

照片好看，是因为选景和选时的缘故。一个好的摄影师，善于捕捉那瞬间的光线和色彩，这叫作发现生活中的美。也就是说，摄影师只负责捕捉一个瞬间，他可不负责你来这里看的时候这里还是那么美。

镜头是眼睛的延伸，但并不是所有的镜头都像人的视力范围那么广。即便是纪实影像，也有一定的主观性，这取决于镜头后面的人头。我只要我想要的主题，可以拍地狱里的花朵，也可以拍天堂里的垃圾。

所以，对于影像大家不要太当真。

美丽的风景和风景里的生活

12月15日 闯入哈尼族仙境

吃饭：21元　住宿：30元

路线：南沙镇——新街镇（30km，纯上坡）

我靠近的不仅是相隔万里的陌生景象，而且是跨越千年的遗世沧桑。

我终于来到了传说中的元阳，这里是哈尼族的天堂。元阳有两个镇，新镇是南沙镇，老镇是新街镇，两镇之间只有30公里。

精神上一放松，今天又起得很晚，磨蹭到股市开盘才起床，出发的时候还走错路，出南沙镇时已经11点。

哈尼族目前主要散居在云南，在玉溪、普洱、红河等地都有哈尼族聚集区。“哈尼”的称呼并不是一开始就有，哈尼族源于古代羌族，原游牧于青藏高原，公元前3世纪由于战争原因南迁。

现在“哈尼”一名为哈尼族人数最多的一个族群自称。“哈”字在哈尼族语言中有强悍勇猛的意思，“尼”字则具有女性的含义，这个名字为哈尼族深深地打上了母系氏族的烙印。

一直以来，哈尼族围绕红河、澜沧江以及无量山、哀牢山而居。辛勤的哈尼族人在这里开垦出了一片片震惊世界的梯田，最为著名的是位于哀牢山南部的元阳梯田。这是个充满美丽传说的地带，段誉遇到神仙姐姐就在无量山，但具体在哪个方位，可要金庸说了才算。

云南深处的老树，于钟灵毓秀之地冒然突起直冲云霄，盘根错节而苍劲有力，默默诉说年代的轮回。当远距离看这一切时，充满了来自于历史积淀和文化隔膜的神秘感，只有当近距离接触的时候，才能体会那点点滴滴的平常和已被湮没的曾经的故事。

一路走走玩玩，下午 5 点钟才到新街，天气很热，觉得自己已经被蒸发了。隐约闻到了烧焦的味道，哪里摩擦起火了吗？检查了一下，没发现异常。过了一会儿实在走不动了，就地把外衣罩在头上，袖子系在脖间，埋着头走。无意中瞥见码表上的温度——39 度，烧焦的味道来自马路！

如果我在出发的时候是粒玉米，此时已经变成爆米花了。

此段 30 公里是自虐型的上坡，路上有很多背柴、放牛、砍树的哈尼族女子，她们很羞涩于有人拍照。

哈尼族女子

我骑行在这花花绿绿的山间小路上，不自觉地融入其间。我知道，以后回忆里留下的会是这里有多么迷人而不是有多么累人。

这里的美丽可以当作小说的开始，或是电影的结尾，梦一样的地方。光是这漂亮的少数民族服装就够让我惊喜的了，平时你在书上看到的那些，现在就在路上，就在你的身边。

哈尼族是个非常有故事的民族，古老、勇敢、虔诚、善良、多才多艺，还有很漂亮的服饰。我之前很少关注少数民族的消息，感觉太遥远。关于这里的新闻多是很稳定，一稳定这地方的经济发展基本就没戏了，剩下的就是百姓很幸福。

快到元阳的时候就已经看到很多梯田，但是埋头赶路没有拍什么风景。到新街很快地吃了烤豆腐和米饭，本想继续往前冲——毕竟今天走得太短交不了差——结果过了元阳依然上坡，并且上坡越来越陡，越来越难走。天已经黑得能够看到星星了，只好在路边的小旅店住下。

躺在床上，我睁开眼就可以看到窗外明亮的星星，听着流水声渐渐入睡，期待着明天的梯田世界。

我有时在想，究竟要多久，才能彻底了解一个民族？或许，永远无法弄清楚，所以必须尊重。

12月16日 云蒸霞蔚的梯田世界

饮料：9元 吃饭：46元 住宿：15元

路线：新街镇——黄草岭（13km上坡，35km下坡，25km起伏）——哈博（3km下坡，20km上坡）

共96km

这些地方我可能一辈子都无法再来了。

我终于来到哀牢山之阳——之前已经无数次听闻这里——这个摄影者的天堂。虽然元阳的几个能出大片之处最后都没去成，却仍然感到足够精彩。

路上由于方言问题，与人交流有些困难，有的人一脸麻木，有的偶尔微笑，但是都会很善意地指路。

车子坏了，可黄草岭3公里下坡，推了一个多小时，要知道，推车下坡比走平路还要累。后来自己修了修，以为修好了，还得意了一会儿，

元阳梯田

一骑脚蹬子折了，再没法子了，上坡推，下坡也推，浪费了大量的时间，当时的心情真是难以尽述。而这在后来成了常态。

推车过程中，遇到来自芬兰的Daniel，他摩托车骑得飞快，当时打个招呼就过去了。他飞驰出几百米后，又折了回来，他中文很好，一直保持微笑。

他说："你的单车出什么问题了？"

我说："小问题。"

他说："我这里有工具，你可以用来修理一下。"

我说："得换些新的配件，没关系的，我到下个地方再修吧，你从哪里来？"

他说："芬兰。"

我说："那是个很美很美的地方啊，你们在自己国家转转就行了，还出来干什么？"

他说："元阳，梯田，这一路过来，太棒了，每个地方都有不同的景色。"

我说："你就是骑着摩托车在中国逛，是吗？"

他说："是的，这是我近期的计划。"

我说："你中文说得真好。"

他说："哪里哪里。"

"哪里哪里"都会说，太专业了。

我问："你有个人网页吗？"

他说："对不起，我不懂你在说什么。"

我说："博客，facebook 之类的。"我也就是话赶话，其实 facebook 是打不开的。

他说："当然。"

我说："我会去看你的游记和照片的。你说吧，我记下来。"

他说；"好的。"

我刚华丽丽地把我的 N95 拿出来，他就夺了过去说："我自己写。"

我自作多情地提示道："那个输入法切换按右下角的键……"

他已经麻利地写完了，然后合照，说了再见。

再然后我自己着出了一身汗，因为忽然想起诺基亚就是人家芬兰产的……

我一直认为，外国人那种资产阶级的腐朽生活，都是建立在物质富裕的基础之上。直到我看到有个 16 岁的澳大利亚女孩自己环球旅行一圈，还依稀记得是航海，当时我就无法淡定了，感觉自己前二十几年的生活活得就像厕所纸篓里的一团劣质草纸。

因为车子频繁的小事故，我又不幸地走夜路了。累，后来累得都出现了幻觉，只觉得路上小星星乱飞，还把路边的石头看成人头，最恐怖的是看着远处的路直往天上走。咦？怎么那么高啊，然后差点瘫倒在地上，原来是电线杆……

让我意外的是元阳景区开始收费了，这个费收得太有想象力。在保护景区资源、服务顾客、赢利这三个目的上，这里选择了最后一个。想出这个主意的人肯定不喜欢摄影，我从路边经过时，发现一大面墙堵在了路边，摄影者不能直接拍摄远处的山川，必须买票进入，要多煞风景有多煞风景！我理解这种划地收费的心情，上面要做面子工程，下面又要抽成，但是能不能别收得这么不解风情？

越说越感到自己的无能为力，但是结尾一定要有力量：希望能得到有关部门的重视！

12月17日 一个叫春的地方

吃饭：37元　住宿：20元　修车：20元

路线：哈博——绿春（哈博下坡3km，上坡20km，下坡7km，一段起伏路到绿春，坡极险）

共41km

在一个美丽的地方遇到一个美丽的姑娘，这是一件多么美丽的事情。

一个美丽的地方多有个美丽的名字，这个地方叫绿春。如果说元阳梯田像金庸武侠，颇有黑云压城城欲摧的气势，那么绿春梯田就像琼瑶小说，尽是此恨绵绵无绝期。

早上看日出，雾很大，雾气弥漫了一天——最近这些天实在没有遇到好天气。

我等到了阳光撕破黑幕，却没有看到太阳升出天际线，它被厚厚的雾气挡在了后面，看日出的计划落空，但我却欣赏到了另外一种美丽。正当我失落准备离开的时候，太阳调皮地从云间跳了出来，光芒瞬间洒满大地，可是不一会儿，它又钻进了云层中，再也不出来了。

胡思乱想

车子坏了，总是在坏，只是坏的地方一直换。后刹车折了，接着前刹车也废了，把前闸弄了一下，将就能用一会儿，想着到绿春再修车。带的衣服太多要寄回去一些，需要好好整理一下。我在琢磨，什么时候会把单车零件全部换一遍呢？

这涉及一个哲学问题，如果我换了一遍单车零件，那么我还可以说这是我出行时的那辆单车吗？若别人问我在哪里买的单车，我是说在昆明买的还是路上更新的？如果只换了其中一个零件，就可以说还是那辆单车吗？那么这个量变到质变的差别在哪里？整体和部分的关系又是什么？好吧，我的确是无聊了！

虽然天气很阴，但梯田倒显得秀气，可有时遇到挖山的会觉得很不和谐。今天路程不远，几乎都是步行，一边走一边玩，一边胡思乱想。

前天晚上看电视重温了几分钟天龙八部，很应景，想来这是当年大理段氏的地盘，出发的时候又看到了连绵无尽的山，就想到了萧远山，继而联想到如此牛逼的一个人师父到底是谁？很多人说是无涯子，我觉得可能性不大，无涯子教了萧远

如果说元阳梯田像金庸武侠，那么绿春梯田就像琼瑶小说。

山，后来怎么会再收虚竹？虚竹喊萧峰萧大哥，萧峰叫虚竹虚师叔？但肯定和逍遥派有关，难道是传说中的慕容龙城？想了半天没捋顺，这里面情节太复杂，待以后细细考察。

想到萧远山，自然想到了萧峰，何不来此处种稻放牛，反正在自己兄弟的地界，批块地也容易，那虎背熊腰的，插起秧来肯定利索，为啥最后要跳崖哩？也是，本来还想着牧马放羊，可阿朱死了，萧峰再无留恋，毕竟妹妹不是姐姐，这玩意儿不好代替。

可阿朱为什么会死呢？想得我心痛得啊！这两口子怎么就相信段正淳是当年的带头大哥呢？此人武功仅够泡妞用，再说当年段王爷还正忙着沾花惹草，哪有空牛哄哄地带领中原豪杰抵御外辱，去管那雁门关外的是是非非。话说萧峰这两个兄弟也是，人家活着的时候仗着人武功高，不求同年同月同日生，但求同年同月同日死，人一跳，这俩兄弟各自搂着媳妇儿回去享福了，没义气！

我觉得我已经无聊到轻度精神抑郁了。唯一遗憾的是我觉得自己哪里都瘦了，就是肚子没瘦，很影响骑车。

在绿春的几件小事

到了绿春，就开始四处找修车的地方，其实这里就一条街，顺着走就好。一个修车的师傅说：“整个绿春都没有你这种车闸。”一时间，腿疼、累、无奈全部涌了上来，极度的悲观。

再问，被告知说：“你到前面再看看吧。”4 点到的绿春，从 4 点到 6 点一直在问人，有说没有，有说在前面，问谁也没个准话，只能沿街走。最后找到了能用的闸皮，也只能将就着用，因为不是配套的。我一下子买了十几块闸皮，有备无患。

绿春，和很多地方一样，有许多正在建的房子，干净的小广场。不过这里特有的是路上走着的穿哈尼族服装的人们。广告牌上你可以看到一些山寨明星的演唱会广告，比如赵本水。

在大片的梯田上，时而会看到穿着五颜六色的哈尼人在做农活，有时我骑行而过的时候，会听到她们爽朗的笑声。这个地方还保持着母系氏族的特点，我的理解就是女人干活。我想在某些地方也肯定有那些未被完全遗忘的奇怪的风俗。

刚进绿春的时候，可见连片的梯田，梯田的美让外人惊叹，但在当地人眼里，却是吃饭的需要。当梯田没水了，你只是感叹风景不再，可当地人面临的却是生活中切切实实的困难，这是一种怎样的矛盾？

晚上又吃烧烤，这里的烧烤真的——你来了才知道多好吃。我在的这家由老板娘和她女儿打理着，老板娘女儿 15 岁左右的样子，长得很是秀丽，但她老不说话，而我却总想聊点什么。他们一眼就能看出来我是北方人。

我说：“这边冬天也不冷，挺好的，不像我们那边。”

女孩说：“你们那边现在在下雪吧。”

我说："有时候会下。"

女孩说："下雪一定很漂亮。"

对，她没见过下雪，我说："还好，就是哪里都是白的，不过很冷。"

女孩说："你们那边不吃米吧，吃馒头。"

我说："是的，呵呵，这个你也知道。"

女孩又不说话了。

我想，这要没东西聊呢，就聊人生，聊理想，聊蔬菜里有营养，于是我问女孩儿："你现在在哪里上学啊？"

女孩说："不上学了。"

她讲得很自然。

我说："为什么不上学了？"

女孩说："不想上就不上了。"

我说："好吧……给我多加点辣椒。"

我忽然发现我很饿，就以吃为主了……

12月18日
夜宿大黑山

早饭：5元　补给：11元（馒头，饮料）　晚饭：44元　住宿：25元

路线：绿春——大黑山乡（45km左右下坡，前急后缓。之后可见20km上坡指示牌，然后20km下坡，途中有土石）

共85km

在漆黑一片的山路中骑行，是一件能激发肾上腺素的事情。

昨天之所以住到这家小旅店，是因为修车铺就在门口，方便第二天早上修车。我又备了些刹车皮，它们只能装备前闸，不过已经不错了。虽然前轮还是颠，但我对这辆车的要求很低，能走就行。

出门的时候，一个妆容稍浓的中年妇女迎面而来，微笑着问道："小伙子要打炮嘛？"问得我猝不及防。

大黑山，小西瓜。

可见当地经济正在快速发展之中。

今天的路高高低低，虽然一直处于赶路的状态，但因留恋途中景色，耽误了时间，还是走了夜路，很后怕。走夜路的时候完全没有平衡感，更不要说看清地面，好在是缓下坡，不费劲。之所以说是缓下坡，是因为我一直沿着一条缓缓流淌的河流行进，月光下能看见清清的河水翻滚着白色的浪花。

晚上值得欣慰的是先有一段卡车在后照明，后又有一辆摩托车在前探路，感觉很温暖。到大黑山乡的时候，我开眼了，下坡几近 45 度，让我只有前闸管用的车更加颤颤悠悠。拐过弯，猛地一片光明涌现在黑暗中，尤其是已经在黑暗中走了很久，像忽然来到一个新世界。这个镇很小，寻到十字路口的一家旅店附近我停下了脚步。

依然吃的烧烤，越发感觉这些天吃得很破费，但是为了烧烤，破费是值得的。

旅店的老板是个汉族女孩，穿着浅蓝的运动服，腰里挂着个钱包，皮肤白皙。她不怎么喜欢说话，但说话的时候都会保持微笑，她在火炉前慢慢地烤着食物，手机里放着安静的音乐，这幅画面与这里不是很协调。她先问了些我的情况，然后开始聊关于她的事情。

我问："你为什么不上学了？"我知道这是一个极其无聊的问题。

她说："家里没钱就不上了，上到初中。"

我说："那你不上学后干什么呢？"

她说："打工，到西双版纳。"她每次说话都先浅浅地笑笑。

我说："这个店是你一个人开的？"

她说："是的，早先打工赚了些钱，又借了点钱。"我忽然间很佩服她。

我说："这房租一年要多少钱？"

她说："一年一万三。两层楼，上面是客房，下面就卖点杂货。"

我说："你一个人岂不是很辛苦。"

大黑山 因贪恋途中风景，落得赶夜路的下场。

她说："没办法，我下面有两个弟弟，一个妹妹，都在上学，家里钱比较紧张。"

我问："这里上学的孩子多吗？"

她说："哈尼族的不多，他们很讨厌上学，特别是这里的男孩。"前面不远的十字路口就有群打闹的男孩，她看着他们说："他们就这样混着，也不干什么。"

……

这个姑娘的眼神里有种别样的淡然。她信她自己，这就是她的信仰。

晚上一个人睡了张大床，很舒服。

12月19日 山间雨悠悠

饮料：6.5 元　吃饭：17 元　住宿：30 元

路线：大黑山——江城（7km 起伏，20km 上坡，3km 下坡，15km 上坡，10km 下坡，5km 上坡，很复杂）

共 60km

我是无法忘记云南山间的淋漓小雨了。

离开大黑山的时候，天空布满阴霾，我望着远方无边无际满是雾气的路，担心着会下雨。我一个人在路上，寂静山谷中，能听到的只有风声。

早上放松了警惕，又是以为路很短，又是起得很晚——其实晚起有无数种理由。10 点出去找吃的，出发的时候又 11 点了。

一路上花在玩儿上的时间有点多，上到一定的高度遇到了大雾，很奇妙地体会到走进云里的感觉。这段路中雾气就在脚下，当快速骑过去时

上图：山上大雾，雾气就在脚下。

下图：弃屋的窗外。

或者身边有摩托车经过时，会有种雾被冲开的景色出现，很奇妙！

路很烂，下雨了，本以为一会儿就会停，没想到越下越大。路边有户人家，想着还是躲躲雨吧。没想到是个弃屋！旁边有座废弃了的桥，一切显得那么萧条和荒凉。

叮叮当当，一个放牛的老汉悠然而至，他也进来躲雨。

“你坐这个。”我把我坐的小板凳让给他，

他说：“不用不用，就躲一会儿。”

我说：“没事儿，我再搬一个进来，擦擦就行了。”

刚坐定，我掏了根烟给他，他张口说：“你是河北人吧。”

瞬时我就震惊了：“你……你怎么知道的。”

老汉不紧不慢地说：“我当兵的时候遇到很多河北人啊，河北哪个地方的都有，石家庄、廊坊的人讲话不一样。”

我说：“呵呵，怪不得您说话我完全听得懂，这一路过来很少见。”

他吸了口烟，屋外的光线打进来，老汉脸上的轮廓越发明显。

他说：“好几个月没有下雨了，这次估计也下不长。”

我说：“最近旱季吧，过了 3 月份下的雨多点，我也就是趁着雨少的时候出来。”

他说：“你是骑单车的？”

我说：“是的，往南走。”

他问："到版纳？"

我说："还要往南，到老挝。"

他说："那里的路可不好走啊，车子容易坏，老外来的时候都是自己带配件的。"

我说："我带着很多闸皮，备着内胎呢，没事儿。"

他说："那些老外都长得高，满手毛，说是联合国来考察的，还有回是两个外国人，一男一女，也是骑单车的。"

我说："对，外国人骑单车的很多。"

老汉说："你去我家坐坐吧，很近。"

我说："不了，我还要赶路，雨停了就走。"

他说："已经小很多了，那我先走了，你小心，我们这里的人比较好，不会有抢劫的。"

我说："好，谢谢。"

他说："我走了，雨已经小些了。"说完抖抖身上的衣服就走了。

急雨开始，有一根烟的工夫，雨就几乎停了。

看到老汉那身旧军装还是有种敬佩感，如果时间够，我应该再多听些他们当兵时的经历，又或者我应该住在他家里一天。

今天的夜路走得最恐怖，仿佛天是被傍晚的乌云压黑的，雾又大，风刮得路边的竹子啪啪作响。到了这个时间点，又冷又饿是常事儿，累得上坡时只能慢慢地推，遇到几条狗又得拼命地骑。忽然觉得前面不远处的山塌了，吓得我差点掉头就跑，原来是后面有大车灯慢慢照上来，投到前面的影子也就慢慢地下降了。终于盼到了下坡，大雾里看不清路，不能全速往前冲，刹车时前轮又在不停地抖，时不时过个摩托车就会莫名地紧张，而到最糟糕的时候，又下起了零星小雨。

其实一直出现的还是那几个小问题，最后一共振就变成了大问题。我不断地犯错误，不断地反省：以后一定要早起，不管路长还是路短；一定要带够吃的，不管当时有多饱；一定不要迷恋一个地方太久，不管这个地方有多美。

12月20日 一眼望三国

修车：40 元（换后闸，中轴） 吃饭：25 元 住宿：20 元

路线：江城——和平寨（5km 上坡，10km 下坡，5km 逆河缓上，10km 起伏）——曼滩（2km 起伏，10km 上坡，10km 下坡，8km 起伏）

共 60km

边城往往有一种历史深处的凝重气息，或许是因为没有人在这里长久停留。

我只想着尽快出国，好真正开始我的旅程。一个人闲到一定程度，啥都觉得有意思。今天刚出城就超了一辆拖拉机，还是过急拐弯的时候，我超过它后它就在后面紧跟着，也不敢超我，这让我很有成就感。

今天不准备走那么远，吸取昨天的教训，不走夜路。从此地开始就不知道以后是什么路况了，以往的攻略上也没有记载，因为我翻阅的很

多攻略多是向西从版纳走的，而我要往南，一直往南。

经过今天糟糕的路况，我也明白以后基本就告别平原地带了，一路高高低低、起起伏伏。出了江城的分岔口没有指示牌，走出去又绕了回来，瞥见不远处有个超载检查站，往那里拐就对了。

江城号称“一眼望三国”，过去就是老挝和越南。这里在解放初还是刀耕火种，后来发生了翻天覆地的变化，连升数级。

这里倒有几个修单车的地方，米线也很好吃。早上 8 点多的时候修车铺没开门，一直等到 10 点。换好坏掉的零件之后还是出了问题，前变速不能变到最小轮上，前轮盘是变形的。我对修车师傅说：“要不再换个轮盘，在你这修这么多东西了，给优惠些。”修单车的大叔说：“能骑就骑着走吧，别花那钱了，不行了你到前面再换。”大叔还挺为我着想的。眼看着又快 12 点，就赶紧出发了。

好不容易找到一个着力平衡点，好骑了一点，可上坡的时候还是得变速，只能手动了，就是用手把车链子在变速轮上来回换，可这上上下下的坡，哪来那么多时间弄，干脆不换了，顶多吃点力，不行了就推。

漫天的雾气压着，一直担心会像昨天一样一直下雨，就这样担心了一天，雨却没有下。

快到整董的时候，和一长途司机聊上了，因为前面的山

江城 依旧漫天雾气。

体滑坡，路被封了，大家都在等，司机师傅说："滑坡什么的都是常事儿，除非搞得三天不能通车，也许会上上省台新闻。"

我问司机师傅："到整董还有多远？"

他说："很近的，你走嘛，我见你好几次，你骑得蛮快，你今天都可以到蒙腊。"

我说："借您吉言，但无论如何是到不了的，50 公里呢！"

他说："不行你到曼滩，过了整董几公里就到曼滩了，那里有住宿的地方。"

这时路通了，另一边的车先过，这边的车再过，然后我就冲了出去。

到了曼滩找到家路边的小旅馆。老板娘是哈尼族人，我问炒饭多少钱，她说 5 块，当时我就感动了，很久没有遇到这么便宜的炒饭，太不拿我当外人了。我说："你给我炒个 7 块的吧，多放点豆腐和米，让我吃饱。"她笑着说可以。她们一家人都很热情，这里标间 20 元，也不贵。

今天匆匆忙忙地没有拍下很多照片。在这前不着村后不着店的地方，晚上计划着路程，觉得自己对风景开始有点审美疲劳，估计出了国就好了，争取 3 天到边境——我又给自己画了张饼。

路边有个傣族的寨子，可是已经太晚了，决定明早去一探究竟。

12月21日
被遗忘的傣族老寨

午饭：17元　晚饭：17元　住宿：30元

路线：曼滩——勐醒（出曼滩，10km起伏，15km上坡有起伏，30km下坡有起伏，10km上坡，30km下坡，大起伏）

共95km

给自己设定一个目的地，然后到达，我想世上没有比这更轻松的事情了，因为很多时候我们都不知道方向在哪里。

早上一醒来就钻进了傣族的寨子，这个神秘的原始寨子让我憧憬了一个晚上。

傣族与缅甸的掸族、老挝的主体民族佬族和泰国的主体民族泰族，以及印度阿萨姆阿豪姆人源于同一个民族，有着深厚的历史和文化渊源。我们所了解的傣族泼水节相当于汉族的春节。

不同民族拥有不同的文化特征。例如大多数信仰小乘佛教的民族，男孩不当一段时间和尚都

老寨里的傣家姑娘

不好找媳妇儿，入寺做过和尚的才算有文化，这也是社会地位的象征，这个现象在东南亚国家普遍存在。

傣族的寨子是不能随便进的，但我还是低调地进去拍了一些照片。

走在普洱茶的产地

走在老寨的路上，有很多野狗追着我跑，声音大得吓人，好像非我不吃似的……

中午吃米饭，太饿了就会大口地嚼，这个也不能说是一不小心，谁知道米饭里有颗“矿物质”？当时，我都不敢动了，怕发现牙被硌掉这个事实。此事件后，一路上我再也没敢大口吃米饭。

正吃着饭，一辆大巴停到了门口，一车人下来吃午饭。其中有两个外国人，30 岁左右，男的拿相机随便拍拍，女的坐在那里休息，一人点一根烟抽着，也不吃饭，只是啃饼干，估计是嫌饭菜不干净。

他们一直对着我的车子指指点点，貌似以后也有骑行的打算，弄得在里面吃饭的我都不好意思了。我走的时候，那女孩轻轻地微笑着用中文说“再见”，然后我微笑着说了声“byebye”，就匆忙地走了。后来想想其实我还能多聊几句的，如果那个男的不在的话。

途中经过易武，考虑了很久还是没拐进去。本想给爸爸买普洱，可茶叶一寄回去，岂不就暴露行踪了（出门前没敢告诉爸妈）？临出国门前被诱骗回去怎么办？于是直接骑过去了。

即使不知道易武，总会知道普洱茶，易武是目前为止仍在产茶的六大茶山之一，清朝时专门给宫廷贡茶，如今更是誉满海内外；即使不知道普洱茶，总会知道茶马古道，这里是茶马古道的南起点，是边陲茶叶重镇，古代商贾云集。

曾经骑到拉萨，是滇藏茶马古道的终点。高原不适合茶叶生长，于是拿马去换茶。我在拉萨的时候还想，这得走多远才能走到种茶的地方。而如今我骑到了茶马古道的起点，这里气候、土壤十分适合种茶，却缺少驮运货物的牲口，于是拿茶去换马。我现在大概知道有多远了，更知道有多险，我依稀看到了那背着箩筐的沉重背影，听到了清脆悠长的赶马声。

到勐醒的这段路上还遇到一个骑摩托车的小兄弟，他 20 来岁，瘦瘦黑黑的，看起来很有精神。之前见到他时他在通往易武的路口等客，这算是一份搞运输的职业。

他坚持要把我和我的单车一起放到摩托车后面，带我一起走，我说装不下，他说肯定可以，不收我钱。我说我往勐腊方向走，今天到勐醒，他说那也可以带一段，就这么掰扯着聊了一会儿，小兄弟时间实在不够，就加速走了。在西藏的时候也遇到过这样热心的哥们儿。

勐醒小镇

到勐醒的时候，已经是烟霞漫天了。

依旧，住宿找了好久。一开始找了一家，门很窄，进去是条很窄的走廊，需上楼。一问，30 元，我一路走来知道行情，所以誓死不从，老板娘喜形于色，很胖、浓妆，像个老鸨。

出去重新找，问了好多家都是 30 元以上，只好又回来，等走廊里一对不知道什么关系的男女亲热够，我就直接住进去了。还好三楼是按摩房，二楼是客房，西双版纳少数民族风情果然不俗。

我想接下来的路走高速，但鉴于我有进高速被拦下来的经历，所以很担心怎么上去。把这想法透露了一点给店老板，哪知店老板爽快地说："西双版纳的高速公路没人管你啦，拖拉机、摩托车、电动车，甚至连毛驴都能上，没事！"旁边的小姐妹对老板娘讲："你也骑车子出去溜一圈儿，回来就瘦了。"老板娘高亢地笑道："啊哈哈哈哈哈哈……"胖胖的老板娘涂脂抹粉，昏暗发黄的灯光让我一恍惚，仿佛身处谍战片中的烟花之地。

高速，上还是不上，这是个问题。

12月22日

西双版纳的蓝天白云

早饭：2.5 元　上网：8 元　饮料：9 元　住宿：30 元

路线：勐醒——勐腊（15km 上坡，15km 下坡，上高速后穿过很多隧道到勐腊）

共 82km

走着走着，忘了最初出发的心境。

如果说前些天还有精力怡情山水，那这几天的状态就是疲于赶路。

到边境磨憨小镇为第一个目标，踏进老挝国土，才算得上旅行的真正开始。之前，只是热热身。

出勐醒后走错了方向，到了勐醒国营农场，问路边休息的一群人该怎么走，结果他们吵了起来，有说这样近，有说那样近，说那样近的女人说说这样近的男人说的那条路不让走，正在修路。最后我自己努力搞清楚了地图，准备返回去，离开时惭愧地对他们说谢谢，可已经没有人理我，只听见说这样近的男人说说那样近的女人：“你知道个屁，你就是一饭桶！”当时汗的我……我感到十分的内疚。

我只有往回走，顺着来的路到了勐醒往左拐，翻了一个大坡，超大，几天都没见过这么大的坡了，不过风景很好，不愧是西双版纳——处处皆翠绿，时时有鸟鸣。

一个约30公里的上下坡后，到了勐远，看见了傣风的佛教建筑，那里应该是个公园的入口处，路上有些穿着新崭崭的发亮黄袍的僧人，但看起来有点儿假，仿佛是拍张合照10块钱的那种感觉。

在这个地方我没有作过久停留，因为我还思考着是否要上高速。还是接着问人，依然众说纷纭，有说能上，有说不能，终于在一个老大婶口中得出了真相：“走高速啊，你不会把车子搬进去啊，又不重！”此言甚是。

上了高速，路好走了很多，可是麻烦还是不小，因为有大大小小的隧道，指示牌上显示前方有个隧道群。所谓群，就是不止有一条隧道，我有心理准备，可是一个群完了又一个群，我几乎崩溃。

隧道内的灯使用绿色能源，用外面的太阳能板发电，而今天指示牌显示太阳能出故障了，所以隧道里是全黑的——弄个高级货却老坏，还不如直接通电呢！

这样的漆黑一片，让我这个骑单车的人如何是好，我只能

高速上，一群接一群的隧道。

推着走，随着后面的光芒渐渐隐去，到了前不见头后不见尾的黑洞中，走着走着感觉人生都虚无了。

在勐腊找了好久的旅店，到了大城市，价钱普遍上涨，最后还是在很偏的地方找到了一家30元一天的房，标间，有电视。电视也不是用来看的，只为躺在床上换台玩，打发无聊的时间。

这家店的老板娘衣着朴实，人很善良。我入住的时候她们正在吃饭，老板娘问我吃了没有，我说没有，我问在这吃一顿多少钱，老板娘爽快地说："不要钱，要啥钱啊，你坐，我给你盛米饭。"老板问我："你哪个地方来的？"我说："家是河北的，在南京上学。"老板说："哦，留学的。"我说："不是，是在南京。"老板娘说："南京在中国哪里啊？"

我顿时感叹良久，想起了一句话：不知有汉，无论魏晋。

12月23日 目击边境的车祸现场

早饭：7元　晚饭：8元　充电器：10元　杯子：2元　住宿：30元

路线：勐腊——磨憨（高速52km）

生死就在一瞬间，快得来不及疼痛。

突如其来的死亡

骑行慢慢进入深水区，身体各方面都已经适应，只是吃米线快吃伤了，还好早上遇到家卖面条的馆子，吃了一大碗后又吃了一大碗，差点又把面条吃伤……

今天走得有点早，不知怎么回事，身子发虚发软，只好路边休息，再上路时，车胎已经没气了。我对我的车子要求不高，能走就行，不过坏了也好，可以趁机好好补补，出了国修车更麻烦。查看了一下，不知是胎被扎了还是胎的质量有问题，开缝了，补了之后顺利地骑到了磨憨，这算是自己第一次正经地动手补胎。可到磨憨的时候，车子又快没气了，可见第一次补得比较失败。

出了收费站快到尚武的那段路上，看到了一场车祸。摩托车倒在大货车的下方，旁边是被车轱辘压着的人，周围零零落落地围着几个人，还有几个交警在像模像样地维持秩序。

远处一个女子跪在地上，撕心裂肺地仰天痛哭，如果不是被人搀扶着，几乎要瘫软在地上。她是一个三十多岁的女子，我想她一定是死者的妻子，我想或许在发生车祸的一瞬间他丈夫把他推开了，我想可能人们在许多年中都不会再见到她的笑容。她的哭声在很长时间后还徘徊在我的脑海里。

看着自己眼前的路，忽然有些害怕，路还有很长很远，但多远是个头啊？不行就回去吧，出去会有很多无法预料的危险。我要是死，会死得这么突然吗？我要是死了，连个哭的人都没有。

一路晕晕忽忽地就到了磨憨，脑海仍旧萦绕着那女人撕心裂肺的哭声，担心着她以后可能面对的人生。

当然，死者情绪稳定。

到达边境

磨憨是个很小很新很精致的小镇，很多房屋有着粉红色屋顶，有了些异域风情。在这里，做生意的湖南人和浙江人很多。

我一直惦记着换基普（老挝货币），吃了饭就出去问。行情不太一样，多是 1∶1230，有点贵，最多能换到 1∶1235，看来人民币降不了多少。又问了美元，6.9 或 7.0，没有找到 6.85 的，依然太贵。最后决定，还是拿着人民币吧，钱换来换去的总归会折损，再说人民币又这么“硬”，电视上老讲坚挺坚挺的，我理解这个词的意思多是指人民币到哪儿都能使。

我费尽周折在小镇附近找到了新胎，于是买了两条备上。回到旅店自己换，但钳子太小扳不动，扳得手疼。于是只好又打好气，看能顶多长时间。过了两个小时气还是满的，安心地睡了，半夜上厕所时再检查发现气跑了一半。

快出国门了，却老出问题，可时间紧迫，耽误不起。只要车子能走，就往前赶，实在不行就搭车，明天必须出关！

老挝

Laos

对于老挝，
我们或许了解得太少。
在这里，
我看到了有生以来所见过的
最美的风景。

12月24日
杂草丛生的异乡中国军人墓

早饭：7元　出境：40元　入境：20元　晚饭：18000基普　住宿：30000基普

路线：磨憨——勐赛（50km起伏，起伏不大，10km上坡，40km缓起伏下坡，有砖石路）

共100km

推开一扇门便走进另一个国度，这是多么奇妙的事情。

对中国而言，老挝是一个既近又远的国家。近是因为距离，它与中国接壤，且同为“红色国度”；远是因为陌生，我们在国内很少获得老挝的信息。

出行前准备攻略的时候，有个同学问我：“老挝是个国家吗？老挝在哪里？很穷、很乱、很脏、很小吧？”鉴于此同学曾问过我黑龙江在哈尔滨的哪里，我原谅了她。唉，理科生……

班南舍援老烈士陵园，别让岁月掩盖英雄的意义。

感觉这一天过得很漫长，终于来到传说中的中老边境，想跨过这条线还是要交点钱的，中国这边交 40 元买点驱蚊剂，老挝那边交 20 元，竟然什么都不给发，好歹给张地图或者发瓶饮料啊，也没多少成本。

一路走走拍拍，对老挝有了初步的印象。路过班南舍时看到一片烈士陵园，我在这里逗留了很久。

荒草丛生的班南舍烈士陵园，竖立着一排排中国军人的墓碑，他们牺牲于四十年前。20 世纪六七十年代，为援助老挝人民抵抗美国侵略，中国先后派出四支队伍担负起援老筑路工程的防空作战任务，这些军人最终将生命留在了如此接近祖国的异国他乡。

英雄的名字

这些曾经鲜活的生命，现在是否还有人知道他们的存在？他们也曾有父母，有妻儿，有快乐，有悲伤……如果岁月让牺牲变得毫无意义，我们又该怎样向后人解释？

开始漫长的修车季

今天之所以漫长，是因为修车修得漫长。接上回，话说从一开始车就慢撒气儿，扳手太小拧不动，为赶路，决定到磨丁再找修车的地方。磨丁是进老挝的第一站。

磨丁居然没有修车铺，街边都是些小摊，看起来破破烂烂，跟我们这边光鲜的磨憨差远了。当时车胎还有气，就加速过去了。那会儿不知道磨丁有赌场，知道的话会去借扳手一用。

就这样走一段路打一点气，还不敢打足。身边哗哗地跑过去一队练长跑的人，个子不高，但是体格健壮。他们跑过我身边时，我正在路边蹲着，用小气筒一下一下地给单车打气，在他们疑惑的眼神中倍感无助。

过了磨丁，突然感觉后胎一颠一颠的，又有新情况啊！后胎的内胎鼓起了一个大包，顶得外胎都变形了，这是怎么回事儿？难道是因为国外空气压力比较小吗？

既然已经撑了这么长时间，就干脆再撑一会儿吧，现在也没有更好的办法，谁知后面一路颠簸着居然慢慢把后内胎的大气包颠没了，心里暗爽！

多亏前50公里路况还好，看看风景玩儿似的就过去了，想当然地以为接下来的路也很好走。过了陵园，便开始爬坡，后胎很重，爬不上去，更大的问题是气跑得越来越快，只好动手补胎——上坡可以推，下坡怎么推？

第一次补好胎后，一个下坡俯冲下去，胎又瘪了，只能换胎，屡补终换是必然的结果。

我使尽全力用不合码的改锥拧开了后车中轴，事实证明，人在非常着急的时候，还是可以爆发出比平时更多的力量。换上了第一条内胎，结果打不进去气，气眼有问题，我小心翼翼地开始换第二条胎，万一这两条胎都是从残次品里拣出来的，我就只能在这穷乡僻壤化作肥料了。

第二条换上，还算可以，都弄完后开始收拾东西，打气。修车这活儿比骑车更耗费体力，还浪费时间。路上搞运输的韩国日本牌子的大货车隆隆而过，而我一个人蹲在路边的草丛里修车，太危险！我琢磨着以后修车得整几块砖头，前后设个路障。

眼看着西天泛红，我终于把车修到自以为可以骑的状态。急忙上车，用力一蹬，猛然感觉车子几乎要散架，跳下来看到车子“原形”还在，算是定住了神儿，出了一头冷汗。再一试，往左骑后轮往左偏，往右骑后轮往右偏，只能再把后轴拧紧，可怎么也拧不到原来那么紧了——所谓拧下来容易，拧上去难！

我还是尽全力紧了紧，然后慢慢地骑，不用力骑，骑个三五公里就停下来往有点倾斜的后胎上踹两脚——美丽的晚霞下是我不断踹车子的身影——这车子就是欠踹。

刚出国门的旅程貌似不是那么顺利，但只是小问题啦，恐怖的是这只是前半段，天黑之后才是后半段。

刚进老挝的路还比较好走，然后就越走越难，再后来居然几百米平路又几百米砖石路，颠得我快散架。我还可以忽略，就是怕车子再出问题。好在还有月亮姐姐在，路不算太黑。虽说问路语言不通，但还是不断地问路，问到问不到没关系，关键是给自己个心理安慰，证明自己还在有人烟的地方。

第一次问一堆路边烤火的老挝人，说还有 40 公里到勐赛。

之后我做了个睡觉的姿势，他们不断地翻转着双手，我以为是没听懂。路上遇到些部落人家，都是木头搭的小屋，没有旅馆。原来之前来回翻手的意思不是没听懂，是根本没有。

第二次问的是一个路边有灯光的小楼里的男主人，他会一点汉语，我心想不行就这里蹭一晚上吧。我还没说要住进去，他就不断地往前指着，说只有 10 公里，于是我继续赶路。其实这个时候也好过，因为目标单一，就是向前，不存在走错路的危险，大不了推一晚上，也不冷。这样一想，心里就舒服多了。在这种状态下，人是不渴不饿的。

在这样的地方，天黑之后除了切磋交流生育大事，还真想不出来能做什么。此时最怕的是身边过去的摩托车，因为这个交通工具容易让人联想起抢劫这样的词语。

我听着一辆摩托车离我越来越近，声音越来越大，终于在一片砖石路上超过了我。

摩托车从我身边经过的时候我没怎么看清楚司机，估计他也在想，谁这么二，大晚上在这儿骑单车。那辆摩托在我前方 100 米左右的地方，突然减速，车头向右，但因刹车没刹到位，瞬间掉进了路边的沟里，只剩下后胎留在外面……

等他爬起来，便成了我第三个问路的对象，我显然是被逼急了，这是一个年轻小伙子，他说还有 5 公里。

就这样，我在大不了累点儿的心态下，快累死了才到勐

赛。而正常情况下，天黑之前是可以到的。路上我还曾考虑要

不要在路边休息的卡车里凑合一晚，因为卡车上的微弱灯光曾给了我莫大的安慰和希望。

内蒙古老板娘

旅店的老板娘是蒙古人，三十岁左右，面容消瘦，有几分姿色，很健谈。还好这家店不是悦来客栈。

她说昨天刚过去四个骑摩托车的退休老头，要去万象。老干部们真能折腾，生活很丰富。

她还告诉我，她雇佣的几个老挝人都不怎么干活儿，以前雇了几个老挝员工，不仅指挥不动，而且赚俩月钱，够买半袋米了就回家，吃完再出来找工作。这着实让我对老挝人民的亲切感增加了几分！

老板娘的老公在磨憨，卖电子产品，她说她们跑这么远出来也是想趁年轻多看看，多闯闯。她说最近生意不是很好，准备把店转让出去。她讲这些我都觉得很认同，年轻人出来走走看看是很好的。

此后她话锋一转，讲到自己 2007 年买了中石油的股票，边说边自嘲地笑着。顿时我觉得找到了知己，这个，简直是生命中不能承受之重！同是天涯沦落人，相逢何必曾相识。问君能有几多愁，恰似买了中石油啊！

进入老挝，最大的感受是物价很高，最重要的事情还是修车。

12月25日 老挝的圣诞夜

早饭：10000基普　饮料：8000基普　晚饭：30000基普　啤酒：9000基普

搭车。

参考路线：勐赛——巴蒙（60km，前上坡，后下坡，起伏较大，中间偶有极差路况）——琅勃拉邦（101km，路况较好，下坡多，起伏大）

共161km

我想，所谓诗意的栖居，一定不能缺少一条风情万种的河。

湄公河流经我国的上游段称作澜沧江，发源于青海省玉树藏族自治州杂多县吉富山，流经青海、西藏、云南三地。下游段被称为湄公河，流经老挝、缅甸、泰国、柬埔寨等国家，最终于越南胡志明市的九龙江口入海。在这些地方，湄公河已不是澜沧江那翻腾咆哮的样子，她变得温顺了许多。

有着清澈笑容的老挝姑娘

漫漫修车路

头一天是后胎发作，今天又换前胎了。其实前胎昨天就瘪了，都怪那路太烂。晚上认真地补了补前胎，早上又买了两条备胎，借了修车的大扳子，换了一条后胎就出发了，准备到琅勃拉邦再大修，总觉得再不济也能撑个百十里，结果还是出事儿了。这个时候，唯一能给焦头烂额的我一点安慰的，就是修车时路旁潺潺流淌的小溪和偶尔经过的老挝姑娘。

我这车相当有性格，一出问题就是连环的。

前胎没气后补了补，骑了没多久，又瘪了，于是换新胎，前胎比后胎好换，问题是新换的备胎居然打不进去气……这个地方车胎一般卖不出去，出厂时间太久，里面都锈了，另一个更重要的原因是，这里的车胎都是从中国进口，你懂的！

我只好用嘴吹又用钳子夹，都快给这车胎的气嘴跪下了，哪知道，这时候我一个不小心，直接把气门嘴的螺帽夹碎了，苍天啊！

补胎跑气，新胎报废，我也快崩溃了！此时，我突然眼前一亮，发现旧胎上的螺帽还能用，就把旧胎的螺帽换到新胎上，大功告成。这一路上，我不断地发现自己很聪明！

骑了没多久，车胎又跑气了……这时候，不是有没有毅力，有没有耐性的问题，赶路才是最重要的，坏了就修，只要能走就好。

刚适应了一直跑气的车胎，链条又绞到轮胎里了，可能是补胎的时候车身侧着，把后变速盘给压了。

好不容易把链条搞定，后轮又开始磨擦后叉，接着用脚踹，这次却是踹不回来了。我拿小扳手调了调后轴，弄好之后刚一踏车，前胎又没气了！

人非草木，孰能不崩溃啊！

我无助地看一眼手表，五点了，老挝时间都六点了，今儿一天都在修车。到了晚饭时间，可我还在这前不着村后不着店的地方，用一个成语形容就是穷途末路，当身处其境，更能体会中国成语的博大精深啊!

“绝不搭车”的决心瞬间崩溃，很多时候决心有多大，崩溃得就有多快！我站在路边，回望着来时的路和远处的云。

搭湖南老乡的车

我只能挑有车兜的车，一辆白色的小运输车疾驰而过，我双手举过头顶挥舞着，只伸出大拇指是无法表达此时此刻的心情的。

还真有辆车停了下来，一个小伙子走了出来，车上一共四个人。他问我:“怎么了?”我说:“车坏了，我要搭车。”他和车里的人说了一声，就来帮我抬车。

我问:“你是中国人?”

他说:“是的。”

我说:“哪里人啊?”

他说:“湖南的。”我顿时对湖南人倍感亲切。

闲聊中得知，他们是去琅勃拉邦聚餐欢度圣诞的。我搭上了车，这意味着我也可以在琅勃拉邦过圣诞夜了。

那个年轻人帮我把单车抬到了车上并微笑着说:“前面没地方坐了，你坐后面，喝啤酒吧。”我和我的单车在后车兜，还有一箱子啤酒 beerlao。结识此酒，是一种幸运。

在这弯多路窄的老挝路上，司机把车开得飞快，拐弯还踩

老挝路边

油门，我在后面坐着肝儿颤啊！风吹得我都睁不开眼睛，哪还有心思喝啤酒啊！我担心我的相机会不会被磕坏，担心车会不会翻下去，担心会不会撞车，哪有小卡车在山间玩漂移的！

到巴孟休息了一会儿，他们买了些饮料，也给我买了瓶5000基普的300毫升小甜酒，我说我有钱，他们非要请我。再出发的时候他们让我坐到了前面，买酒那哥们说外面冷，还是进来挤一挤，于是我挤进了车厢小小的空间，与他们有了更多聊天的机会。

车上有两个老挝人，两个中国人。两个中国人是兄弟，7年前到老挝做生意，他们说主要做百货，我的理解就是什么都做。帮我抬车的是弟弟，买饮料给我的是哥哥。

哥哥就像古惑仔里的陈浩南，无论是发型、气质，还是黑衬衫，都走陈浩南的路线，弟弟就容易交谈许多。车里音乐声很大，都是时下中国流行的网络歌曲，他们是那两个老挝人的老板。

到琅勃拉邦，他们把我留在一个朋友的汽车旅馆。

弟弟用熟练的老挝语给我做翻译。

弟弟问我："住这里行吗？"

我说："行，挺好的，多少钱？"他问了老板后说："30000基普一天，在这里已经是最便宜的了。"

我问："你们不住这里呀？"他说："我们还要去喝酒，喝完酒可能会和朋友住到其他的地方。"

我说："这有水喝吗？"他问了老板后说："喝水的话可以买，这里的水已经不是几年前山上的水了，干净许多。"

我说："好，你有qq吗？我以后怎么联系你？"

他说："这个……我们没有qq的。"然后留下了电话，并说："有事儿打我电话。"这时候哥哥也出来了，我看着他们的车缓缓离开，甚至都忘了拍张照片。

在异乡有这样的人这样生活着，他们不是当地华人，也称不上是华侨，他们到这里只是为了生存，在异国他乡开一间小店默默经营，他们对于是否融入当地并不是很在意，晚上电视里收看的仍然是湖南卫视……

我走进旅馆房间，除了一张床，什么都没有，剩余的位置只够放下自行车。墙上都是精液干了后留下的痕迹，果然是汽车旅馆！我随便收拾了一下，就出去觅食了。

第一顿饭

今天的第一顿饭就在离这儿不远的烧烤摊儿解决，这家小摊只有一炉明火，炉上架着钢丝，钢丝上放着一些我叫不出来名字的肉类。

我到的时候老板娘刚走，老板娘女儿在那里。烧烤熏肉无比的美味，熏肠也很好吃，就是交流困难，稍微能沟通的就是这块腊肉几千，那个熏肠几千，其他的就不行了。

我拿着地图问了她很久湄公河怎么走，她说不明白，只剩下微笑，我不说话她就不吭声。她的名字老挝语怎么说我已经忘了，中文的意思是月亮。当时交流是用的英语，她只会一点点，我还能应付。

吃完饭我身上带的基普不够付账了，她让隔壁人帮我把100元人民币换成120000基普，隔壁的小伙子骑着摩托车出去很快就换回来了，看来在老挝货币的自由兑换还是很方便的。

饭后去找网吧，问路问得很费劲，最后只上了10分钟网，因为网吧10点钟关门。回旅馆的路上，我迷路了……

晚上有点冷，走在河边，路过很多喧嚣的酒吧，在这个圣诞夜里，忽然觉得这个迷路的落魄的劫后余生前途未卜的 2B 青年，和酒吧里那些热闹的国际友人形成了鲜明的对比。

我自己在河边坐了一会儿，看着河边的灯光，看花了眼。之后绕了好远，还是按原路返回了，其间路过一家小超市买了瓶 beerlao。

夜里 11 点，一个人手里提着瓶 beerlao，摇摇晃晃地沿着路边往回走，回去的时候，破旧的旅馆已经关门，敲了好久门才开，夜里伴着蛐蛐的叫声不知什么时候睡着了。这就是我到琅勃拉邦的第一天。

12月26日 琅勃拉邦的呢喃细语

早饭：10000 基普　饮料：10000 基普　晚饭：320000 基普　上网：12000 基普　衣服：100000 基普　门票：20000 基普　修车：50000 基普　住宿：30000 基普

如果你需要一个宁静的地方，请来这座叫琅勃拉邦的小镇。

一个街角，放着柔和的音乐，能听见人声细语不断，伴随着滋滋的烤肉声，还有那一排排待烤的鱼、鸡和腊肉。在这个露天的地方，不大却不显得拥挤，人多却不觉得嘈杂。

我所坐的长桌子包括我有 7 个人，桌子的一头是 3 个马来西亚人，我一度把他们当成香港或者台湾人，他们说着我能听懂的汉语。

我对面是一对情侣，男的是瑞士人，很拘谨，女的家乡在老挝孟威，据说那里只有坐船才能到，是一个世外桃源般的地方。

他们的右边我的左边是个意大利大叔，不远处还有两个美国女孩，笑声很大，像是喝多了。当然，每人桌子上都有一瓶beerlao。

意大利人和那对情侣很搞笑，在一个桌上坐了十几分钟，忽然发现竟然彼此认识，这边说："你是……"那边说："噢，你是……"

他们聊得很开心，意大利人不停地讲着"妈妈咪呀"，我也只能听懂这句。他们英语说得太快了，我只能听懂一半。

那个意大利人终于受不了我这个微笑的沉默者了，转头问我："你是哪里人？"我说："你猜猜。"他说："你是日本人。"我笑笑说："不是。"他说："欧洲虽然很多国家，但是欧洲人很好分辨出来是哪个国家的，亚洲的不行，都长得太像了……"我看他还要长谈阔论下去，怕自己听不懂就说："我来自中国。" 他摸了摸自己身上的肌肉说："我有个朋友是香港的，这里像桌子一样硬，他好像会一点武功。"看来小龙哥的影响力确实是大。

这个意大利人的话确实很多。我说："你去过中国吗？"他说："没有，但是我准备要去，或许某天我们会在中国碰到，哈哈。"

那对跨国情侣多是微笑着。瑞士男来老挝很多年了，娶了个老挝的女人做老婆，这事儿挺好！

他在帮助她们家乡做一些事情，这位发达国家来的帅哥儿乎把自己的青春献给了老挝的穷乡僻壤。

意大利人拿出盒烟，我说：“抽我的吧，我这是中华烟。”这是我出发之前特意准备的一点中国特色礼品，遇到个啥事儿需要帮忙也好开口。我告诉他这烟的名字就是中国的意思，就像beerlao似的，经过我一系列复杂的解释，他最终也没弄明白烟的名字怎么和国家的名字一样，只听懂了这是很好的烟，他说：“你抽根我的老挝烟吧，很便宜，哪里都能买得到。”我说好，然后都哈哈大笑。那个瑞士男点燃一根烟，不紧不慢地抽着，后来又絮絮叨叨地说了半天。

素未谋面的来自世界各地的人坐在一张桌子上，没过几分钟就像朋友一样，这就是琅勃拉邦的魅力所在。

我吃完晚饭去逛夜市，买完东西忘了付钱，逛完夜市突然想起来又回去付钱，那个收钱的女孩没有一点惊讶的表情，还甜甜地笑着，仿佛知道我一定会回来给钱。当然，也可能是太忙了没想起来。

琅勃拉邦有一种独特的气质，舒缓的湄公河、一尘不染的街道、安静的夜市、金碧辉煌的寺庙、来往穿梭的摩托车、灯火辉煌的酒吧、滋滋作响的烤肉，还有人们脸上的微笑……让人有些想留在这里，不再前行。

明天要换个地方住，这个地方连衣服都没法洗，更别说洗澡了。我得抓紧逛逛然后离开这个温柔乡，否则行程就耽搁了。明天要找到湄公河边的guesthouse，好好地体验一下。

Lonely Planet（简称LP，私人旅游指南丛书）上说，琅勃拉邦可能是整个东南亚地区最有品位、最上镜的城市。

12月27日

湄公河边的午睡

上网：4000基普　午饭：20000基普　晚饭：30000基普　门票：20000基普　明信片：7000基普　住宿：50000基普

琅勃拉邦的阳光洒满了整个湄公河。

暖洋洋的下午，在湄公河边木房的阳台上看一本自己喜欢的书，是生命中一种难得的惬意。

到老挝很明显的一个感受就是物价高，但人很谦和，适合养老。为什么我觉得一个地方不错的时候，就会想到适合养老？

琅勃拉邦是这样一座城市，在群山环绕中古庙宇四处可见，常遇到披着黄色袈裟的和尚，在秀丽的自然景色中，湄公河缓缓流过。走进琅勃拉邦就走进了老挝的历史。

印象特别深刻的是那一幢幢佛塔。小乘佛教的建筑不以宏伟壮观见长，而是棱角分明，色彩鲜艳，它并不是高高在上的，任何人都可以在里面冥想、忏悔，与佛交流。

佛祖在菩提树下得道成佛，因而树有灵性，是不能随便砍的，尤其是寺庙附近的树，因此很多树得以参天，甚至抱住了寺庙。在这里，人们给佛祖敬奉的不是香油和钱，而是绿叶和鲜花。在这里，脱鞋是一种尊重。

我被琅勃拉邦这缓慢的节奏带得晕头转向，早上终于离开那个糟糕的汽车旅店去找新的住处，这是一个很磨炼人耐力的过程。第一次问了一家，要 60000 基普，太贵了。前一天的花销就大大超出预算，今天不能再花这么多钱了。

接着找，一路从 70000 基普到 100000 基普到 200000 基普，问得我高血压都上来了，我伴着微风站在十字路口——咋办，再回去那个满是精子和小强的汽车旅馆？

决定再找找，临近 12 点问到家 50000 基普的旅店，当即入住。这间在湄公河边的小别墅全是红木的，散发着特有的香味。中午太晒，我美美地睡了一觉，终于知道什么叫作舒服了，下午开始扫街。

按着地图上的标志找寄包裹的地方，找了半天没找到，问了一位路边的外国友人，他脚都没动，像《终结者》里的州长似的，头转了 90 度，原来就在眼前，尴尬得我无处可逃。

本打算把昨天买的老挝的民族服装寄回去，一看邮费要 60000 基普，得，还是自己带着吧。

浦西山顶的佛塔，名字叫 That Chomsi。

我进去睡了一个奢侈的午觉。

之后去买明信片，我问售货员：“我这地址应该写中文，英文，还是拼音？”他当时就“盲点”了，旁边白发红颜的老外爷爷说：“如果你写汉语，恐怕这封明信片连老挝都出不了。”我笑着说了声谢谢，决定中英拼都注上，提笔却不知道该写什么。

旁边一个正写着明信片的漂亮的欧洲女孩微笑着说：“这

个时候总是不知道写什么，是吗？”我说：“欸，对。”学英语的时候没有练习过被女孩搭讪的情景，突然觉得很不好意思，脸憋得粉红粉红的。我平静下心情，在那儿慢慢地写：“亲爱的，不要生气了……”

昨天夜里就上了十分钟网，还和女朋友吵了一架，可见吵架的效率很高，并且是无处不在的。

写完后投进信箱就走，售货员喊道：“别忘了你的手机！”

老挝以这样的一种状态存在着，这是我之前不曾想到的。因为我朝一直在搞 GDP，所以一般我们找优越感的时候就老讲这里穷，那里乱的，出来后才发现，穷也会穷得这么精致，乱也会乱得这么多彩，最难得的是一种平和的生活节奏。

知道的越多，就越沉默，因为发现自己以前得到的讯息都是不真实的。以至于我一有某种想法，就会怀疑自己——这种认识是不是错误的？不过既让汝等水深火热，又让汝等感恩戴德，这是一种境界。

12月28日 清晨的布施

早饭：15000 基普（法式面包） 晚饭：25000 基普

修车：15000 基普 住宿：30000 基普 饮料：20000 基普

路线：琅勃拉邦——某驿站（20km 起伏，20km 上坡，15km 下坡，25km 上坡）

共 80km

自己像穿梭在电影里，而每一天一睁眼就是一部新电影的开始。

早晨起来看布施——“看”这个词好像不够尊敬。

这样的布施传统已经有 800 年了，原来单纯的化缘到现在变成一种象征性的仪式，但其精神没有变——带给人们平安与祝福。

次第乞食是小乘佛教的传统，据传是 2000 多年前佛祖释迦牟尼带领徒弟修行时的行为。《三藏法数》记载：“谓比丘乞食之时，不着于味，不轻众生，不择贫富，常平等一心次第而乞，是为头陀行也。”

根据对“最高领导人”乔达摩悉达多旨意的不同解释，部派佛教后，渐渐分化出大乘佛教与小乘佛教两个派别，两者并无高低之分，只是派别之异。

“度人”和“度己”是大乘佛教和小乘佛教最主要的区别之一，大乘认为应该造大船大家一起“渡”，小乘认为每个人应该造好自己的船。

无论“度人”还是“度己”，佛教的鼎盛时期，数以万计的年轻弟子，天天打坐念经，只为跳出三界外，不在五行中，进入佛国净土，不食人间烟火。这跟我们拼命读书参加高考是一个道理。但修佛是一辈子的事情，可能修到终老之时才能出成绩单。

最漫长的一天

体验完布施，吃了法式三明治，喝完老挝咖啡就上路了，目标是普昆（Phou Khoun），一路向南，就是路标看着有点晕……

我知道路难走，也做好了充分的心理准备，但是没想到有这么远！这个距离把我的计划又打乱了。

早上的法式面包有点贵，吃得我很心疼，于是决定不吃午饭，况且赶路要紧，好歹有脂肪储存着呢！骆驼储存在驼峰里，我储存在肚子里。

前20公里很好走，新换的前胎，虽然骑起来还是摇摇晃晃的，但是充满了节奏感——充满了节奏感，就充满了希望。

老挝地势北高南低，路要也是这个幅度就好了。一路上的经验告诉我，多打打心理预防针是有必要的。

走了差不多35公里的时候，已经连续骑了10多公里的上坡路，实在骑不动了正吃力推车时，突然听见“吱吱”的声音，等我反应过来，就眼看着前胎瘪了下去，顿时我就想哭了。

无奈到极致是会坦然的！我退回到刚才路过时一直在看我的斜眼男的小卖铺，当时经过的时候很想买瓶饮料来着，这下可以回去买了。

经他指点，我找到了一家补胎的地方，其实是修摩托车的铺子。有一个不到20岁的小孩，我已经懒得管了，放那儿让他随便补，补好能走就行，他还挺敬业，可劲儿地给我补啊，说这里有洞，那里快裂了，一共补了3个地方，我都怀疑这条内胎是不是新的了。

补完我给了他5000基普，按照补一个洞两块钱算，这也差不多了，结果他用手势告诉我，还要2个这么多，补个胎又花了我15000基普，本来还想回去买瓶饮料感谢下那个斜眼男，这下是彻底省了。

现在的布施，多是一种仪式，僧人会把众人施予的食物转手赠给真正需要的人。

天越来越热，从琅勃拉邦出发的路很写意，坡陡弯急，上坡超长，我几乎虚脱了。骑单车是不能歇的，停下来就动不了了。汗滴了一路，太阳的暴晒加上我对前胎的担心，再加上近40度的坡度，我突然想回家。

今天的行程是无目的感的，就是赶路，我只知道要在天黑前赶到一个能住的地方。

当我以为已经骑到山顶的时候，却还要再走一个之字，等走近了却发现，其实还有另一个之字。我拖着近乎崩溃的身体到了垭口，这里有风吹过，确定已看不到更高的电线杆，这才相信是到垭口了。往后都是下坡了，没怎么充满气的前胎也不再跑气，我有了些许的安慰。

开始下坡了，下坡会让人盲目乐观，以为能一直下到目的地，这都是走川藏养成的坏习惯。

我琢磨着如果一直下坡，在日落前应该可以到普昆，即便有几公里平地或缓坡也没关系，不耽误爬过去。谁知到了有人家的地方，心里顿时凉了一半，因为看到了河——这意味着没有下坡了。此时码表显示已经走了55公里，哪怕多个10公里下坡也好啊！

我暂时放弃赶路，在这里稍事休息，奢侈地买了瓶百事。接下来迎接我的依然是上坡，坡太陡，没法骑，全靠推了，可我已经筋疲力尽。本以为最后这25公里会是一个倒V字形，因为目的地的小城应该在山底下，但“以为”是靠不住的。

由于只吃了早饭，我的体力已经无法支撑连续的爬坡了，肚子空空，浑身发软，最主要的还是渴，但罐装的百事都要5000基普，而且能买的地方还十分有限。

第三次买饮料的时候老板没有零钱找我，我只好又拿了瓶150ml的甜酒，路上光饮料就花了20000基普，可当时已经顾不上心疼了，只知道硬着头皮推车。

天黑之后

天渐渐黑了，拍日落还耽误了几分钟。风越来越大，风最大的地方就是垭口，可绕了一个弯又一个弯，我过了几个以为是垭口的地方，甚至到了山的另一边，依然在上坡。我一直不断地自我安慰中，村落应该在山脚吧，上坡快完了吧。即便真如此，夜里走下坡路也是很危险的。

可是，我错了，村落在山上，这25公里全是极其陡的上坡。

终于，我看到了草棚，这是让人歇脚的地方，我停了下来。出琅勃拉邦时，路标上指示的那个陌生地方并没有被标注在地图上，只有来时路旁的路标上提示着到那个地方的距离，而最后一次见到也是几个小时前了。换句话说，我不知道自己在走向何处。

远方没有灯光，四周更没有，只有头顶的月光，我开始考虑要不要直接睡在草棚里。

天渐渐黑了，还不知前路是何处，但落日总归是不能错过的。

我把车子停好，打算好好想想。忽然，一辆货车开过来，车灯刺得我睁不开眼睛，但车速并未因我而慢下来。你无法体会我当时的心情……

在路边站了一会儿，我就冷得开始发抖，只能继续前进了。我一路念叨着，即使遇到像以往见过的那种都是茅草屋的村落，我也一定会求人家让我住进去，或者路边过夜休息的大货车也是个不错的选择。

总之，等我见到人，再想办法。有村落，就一定会有人；有光，才会有村落。我期待着灯光的出现。

又拐过一个 180 度的弯，我用衬衫把眼镜擦了一遍又一遍，但依然是灰蒙蒙的，我看不清远处的灯光是村落还是汽车，可总算有了些盼头，至少推车走着，不冷。

终于到了灯光的源头，是草棚，很原始的那种，关不住的灯光跑了出来。但这只有零星的几家，紧闭着门，外面的狗狂叫着。我决定再走走，有第一家就会有第二家，前面一定有小镇，地名都上了路标，怎么能只有这几处人家？可走了几十分钟，前方又漆黑一片，我开始忐忑不安。

降雾了，弥漫的大雾掩盖了刚才那几家零星的灯光，我有些后悔了。

终于，我又看到了灯光，可是光线有些摇摇晃晃的，怎么回事儿？原来是手电筒！一个老人拿着手电筒沿着路边从我对面走了过来。我到他面前说了声“撒拜迪”，然后双手合掌放在耳边，头歪向耳边一侧做了个睡觉的动作，他指了一下远方，发出了犹如天籁般的声音："1 kilometer。"

当时我就释然了。

我依然小心谨慎，直到路上的人慢慢多了起来。我见人就问哪里可以住宿，多说不是很远了，又拐了一个大弯，终于看到了饭店，看到了门市聚集区，这意味着我不用睡在路上了。

很顺利地找到一家 guesthouse，一问价钱，40000 基普，我说 30000 基普，老板坚持伸出 4 个手指头，我转身就走。果然，我又恢复了抠门儿的元气。

离开的瞬间，里面的老板娘说："OK！"

Beerlao 啤酒是不能省的，看菜单最便宜的东西 10000 基普，是 soup，哥累了一天，午饭也没吃，晚饭岂能只整碗汤？钱不能这么省，于是再一次点了 fried rice，15000 基普。

吃完晚饭出去逛逛，顺便问问路，以确定当地的名字。问了很多人，居然没有统一的答案。这个地方的人大都是过客，所以，我始终没弄清楚今天住的地方叫什么。

感觉有点冷，回房间找外套，却突然想起，早上修车的时候把外套搭在那里的摩托车上，走时忘记拿了！三块胶皮赚了我 15000 基普，还搭上一件外套，他们晚上可以好好喝一杯了。

明天准备六七点起床，依然没有目的地，只想着赶路。等到了泰国，就一马平川了，给个滑板都能走。

被子很厚，睡得很好。

12月29日 骑行在油画般的风景里

早饭：18000基普　午饭：10000基普　晚饭：20000基普　饮料：8000基普　住宿：30000基普

路线：驿站——普昆（50km，中有20km上坡，起伏很大）——卡西（43km下坡居多，坡度大，中有起伏）

共93km

上帝的调色盒被打翻在这里。

这里美妙的喀斯特地貌田园风光，是我有生以来所看到的最美丽的景色，我有种身心被洗礼的感觉。

可我依旧焦虑。

车子总坏，从琅勃拉邦出发后，一路坡陡弯急，让人担心；物价高，微笑是精神上的，可物价是物质上的；语言不通，环境不熟，只能和外国人扯两句，又不能同行，因为消费不起。

美妙的喀斯特地貌田园风光。

澳大利亚骑友

本打算早上起来看日出，结果一睁眼听到窗外哗哗的雨声，就接着睡了。

今天遇到一支澳大利亚来的骑行队，专车服务，专业骑行服和专业单车，只能说："太专业了！"

早上，我正从第一个坡往下冲的时候遇到了他们，他们十几个人在一个拐弯处，都朝我大叫着，我搞不清楚是什么情

路途中，“救我一命”的澳大利亚骑友。

况，便停了下来，他们还在朝我做手势，双腿下蹲，双手向下按，一个男的两只手都快贴到了地上。原来早上太冷，路面的冰霜还没散，冲下坡太危险。

我不禁后怕，这要是滑倒了，指不定从哪里飞出去又落到哪里，忽然又觉得很感动，原来人与人是可以这样交往的。

这时大约10点，他们在路边支了张桌子吃早饭，顺便欣赏风景；下午4点又在途中遇到，他们在喝茶；晚上到了卡西（Kasi），他们又在喝酒。他们的骑行就像玩儿一样，骑一段休息一下，风景好了出来骑，风景不好就坐车，太奢侈，我表示实在看不下去了。拍照的时候他们邀请我一起吃早饭，我说算了，还得赶路啊。

我的车骑起来都快成交响曲了，我分析了一下毛病组成，胎、闸、变速与链条。今天的主打问题是链条，一变速就掉。澳大利亚骑友们走走停停，游山玩水，我却在埋头修链条。他们很有纪律性，上坡下坡速度没有相差太大，而我下坡冲得很快，所以下坡我超过他们，上坡他们超过我。当他们超过我时，我多是在低头修链条，感觉很尴尬。

他们一开始对我很关心，有的还要帮忙，我说没关系，老毛病，后来就是热情地打招呼，再后来就微笑着用眼神交流一下，再后来头也不抬了。人和人就这样由陌生变熟悉。通过聊天，我也认识到自己的英语水平，就是到那种正好不能自然交流的程度。

来自昆明的摩托车老人

晚上在旅店，居然遇到了那几个骑摩托的退休老干部，就是第一天住在老挝时，内蒙古老板娘跟我提到过的，世界真小。

当时我在洗手间洗衣服，忽然听见中国话，这必须得出去蹭两句。

我出去就喊："你好！"

一个人转过头说："你好！"

我问："中国人？"

他说："是的。"

于是握了好久的手，跟国家领导人见面似的，就是没有记者拍照。

我说："我是骑单车从昆明来的"

圣光下的希望小学

他说："我们就是昆明的，退休了，没事儿做，骑摩托车来的。已经到了万象了，现在往回走。你自己一个人吗？"

我说："是的。"

他说："那多苦啊，也没个人说话。"

我笑了笑，问："你们经过勐赛的时候住过桥头旅店吧。"

他说："什么桥头旅店？"

我说："那个旅店的老板娘是内蒙古的。"

他说："噢，是的是的，那是在桥头附近的一个旅店，我刚还没反应过来。"

我说："我也住那里。"

热乎了半天，问了下路况，互相道了平安，我就休息了。和人说说话，感觉舒服了很多。心里更温暖的，是知道了后面的路已经好很多，两天后就可以到万象。省钱省时间，这样从1月开始，就进入泰国了。

从普昆开始，一路风景如画，让人惊叹老挝这样的地方竟然如此美丽，有点风雨过后见彩虹的哲学意味。奥巴马同学说，隔阂产生偏见。由于很多无法避免的隔阂，我尽量让自己不发表，甚至不产生过多看法，直到自己亲眼看见。至少现在我可以说，我看见了老挝，它至少有一部分美得一塌糊涂。

12月30日 途经万荣小镇

住宿：30000基普　早饭：15000基普　午饭：10000基普　晚饭：32000基普　饮料：8000基普

路线：卡西——万荣（100km，中有5km上坡，10km下坡，其余多平路）——班欣合（顺河而下，后20km小起伏，不耽误骑行）

共120km

这里是探险者的天堂，可惜太匆忙。

来到万荣

单车旅行，车永远是主旋律。出城没多久就非常吃力，爬不动坡，之后逢小坡就推。国际友人纷纷超过了我，以后再也没见到。他们今天只到万荣，而我却要往前赶。看着他们，我唯一的感叹是，他们在生活，我在生存。

可能是我蹬得太用力，脚蹬子开始晃，越

来越松，慢慢地，整个左脚蹬连同中轴连接处都开始晃动。去西藏的时候，我有过把脚蹬直接蹬掉的经历，知道问题多严重，只能小心翼翼地骑着，时不时地紧一紧。天气突然开始暴晒，肚子也开始饿，早上那碗面条汤根本不管用，那就是碗汤而已。

骑行中人一饿就全完了，潜意识里觉得车子蹬起来格外的重，于是我开始给自己发功念咒语："这只是幻觉，过去就好了，天灵灵地灵灵……"过了一会儿，真的不觉得饿了，这法子果然管用。

下坡是顺河的缓下坡，我很兴奋——燃烧吧，我的脂肪！风吹着，身上的汗结成了盐粒，让我的两个小乳头隐隐作痛。这是怎么回事儿？难道脂肪烧得太快了吗？

今天路程很长，但被著名的万荣小镇分成了两段，便觉得没有那么累。

万荣，这个背包客的天堂，据说有强盗藏身的神秘溶洞，有举世闻名的南松河上的漂流游戏，有相当专业的攀岩活动……那些国际友人曾告诉我一定要在这里玩上几天，我只是笑而不语，我哪有他们那样贪玩儿！

中午在万荣一家中餐馆吃饭，这家店老板是个很潮的广东人，一头长发，脸上棱角分明，但已经有了些许岁月的痕迹，他们一大家子共同经营着这家餐馆。在这家店里看到了许久没看的《新闻30分》，又能接收到来自组织的最高指示

一直赶路的我，已经瘦了 30 斤，有没有减肥广告请我代言？

了，倍感“温馨”。

一下午就是赶路、赶路，但一路上的美丽风景是最大的安慰。

一座空城

到了班欣合（Ban Hin Heup）天已有些黑了，遇到两家对着门的旅店，都很贵，敢情是垄断了。我继续找，走到快出城的地方看见一个饭店亮着灯，于是在门口打探一二。里面有人走了出来，语言不通。

这时来了一个懂汉语的人，他主动要求给我做翻译。他是个台湾商人，在这里投资做生意，当知道我的经历后一直喊：“佩服！佩服！”激动得有些情绪不稳定。然后他让他的员工把我带到了荒野中的一排木房里，房里只有我一个人，还有一面中间裂缝的玻璃，通过它，我在昏暗的灯光中可以看到一张扭曲的脸。

留宿在这座城市的人很少，可以说几乎是一座空城，可能离万象太近了，游客都冲万象去了。晚饭出来找了些烤鱼吃，这里没有瓶装的 Beerlao，只有罐装的。

12月31日 一个惬意的下午

午饭：20000 基普　饮料：14000 基普　晚饭：40000 基普　住宿：50000 基普

路线：班欣合——蓬洪——万象（10km 起伏，10km 小幅度上下坡，之后平路）

共 94km

当人要给自己找借口的时候，可以把想象力发挥到极致。

头天晚上睡得相当不舒服，躺在床板上像是躺在如来佛的头顶，当然是西游记里的如来佛，不是这儿寺庙里的佛。早上醒来想多睡会儿，还是翻来覆去睡不踏实，干脆上路。

走在路上还是很享受，有轻声细语的讨价还价，有放着音乐、跳着舞的快乐家庭，有我骑车经过时向我举杯的正在野餐的小伙子……觉得他们生活得好快乐！

对了，还有骑摩托车从我身边经过时回眸一笑的姑娘——那姑娘忽然在我前方不远处停下，微笑地看着我，看得我都不好意思了——其实，那姑娘是想等我过去后好左拐弯。

太阳的暴晒，加上聒噪的脚蹬子的声音和肿痛的右脚，还有那快烂掉的屁股，我有点难耐了。午饭后骑了一个小时，便钻进了路边一家小卖铺。小卖铺在一户人家的院子里，因为我看到了冰柜，3000 基普一瓶可乐，就是在国内可以买到的那种瓶装。我一进院子，老板娘就把椅子从屋里拿了出来放在遮阳伞下。

我坐在伞下喝饮料，听着像《大话西游》里唐僧念的歌，看见远处倒三角形的枝蔓，突然间发现了单车旅行的惬意之处：只要时间够，想停就停，想走就走，物质的不足，精神来弥补。

我环顾四周，路的对面有一颗不知道有几百年的树，枝叶繁茂得像那种长在非洲大草原上的树，而我旁边木屋的墙面上布满了青痕，让人不由得多看几眼。

放松了，何不吸根烟？反正天气如此之热，坐会儿没关系，于是我罪恶地点上了烟。语言不通，和老板娘也没什么好交流的，只是微笑。忽然她骑摩托车出去了，我又受到了挑战，她就不怕我不付钱直接走了，或者我顺手拿走些东西之类的？然后我赶紧提醒自己这里是老挝，不能用那种思维去思考了。

老板娘出去不久，和女儿一起回来了，小姑娘把一箱空的饮料瓶用摩托车拖了出去，带回了新的饮料，老板娘仔细地擦拭着每个瓶子，然后整齐地放进冰箱里。

一根烟过后，感觉暖洋洋的下午很是放松，何不再睡会儿？这个睡觉的念头要是一动，就无法挽救了。

于是我靠到木房的一角，又罪恶地闭上了眼睛。这时候，小姑娘进屋把音乐的音量调小，小到正适合小憩的程度。

小睡了一会儿，还是不想走，然后发呆，咬指甲，看路上的车……大约过了 3 个小时，才恋恋不舍地离开。

接下来的路途依旧是山路，穿过红色的土地和翠绿的山林，阳光漏过树梢散落在地上，给我无聊的行程增加了些许乐趣。

每一天的目标其实很迷茫，具体来说就是要到达山的那边，虽然那里对我而言是一片未知的地方，可我并没有太多的好奇感，因为那边只是一天的终点。

这里有很多漂亮的花和树，我不知道它们的名字，也不想去弄清楚。很后悔没有拍下那些充满朝气的骑着单车上学的孩子，还好在后来的路上遇到了他们放学。

万象是个大城市，我却花了很长的时间找住宿。晚上外面很吵，人们放着大声的音乐，等待新年的钟声，而我却在屋里趴着用风扇吹屁股。

错过了他们上学，却遇到了他们放学（异国他乡的红领巾，显得格外鲜艳）。

2012年1月1日 老挝的凯旋门

塔銮寺门票：10000 基普　午饭：10000 基普　修车：45000 基普　晚饭：120 铢　住宿：250 铢

路线：万象——廊开

共 30km

如果说老挝是一个戴着面纱的女人，那万象就是她最美丽和最神秘的面孔。

早上醒来直奔凯旋门，然后是塔銮寺。塔銮寺门票是 5000 基普，我给了 10000 基普，对方直接撕给我两张票，我当时还以为是套票……

离开老挝

随便吃了点午饭，沿路找修车铺买脚蹬。找到一家卖单车配件的店，老板娘讲的是老挝话，我只好用手比画。两个脚蹬 18000 基普，还价还

老挝的凯旋门，位于万象市中心，在总理府附近。

到15000基普，我说我只要一个就够了，她好像能听懂“一个”是什么意思，跟我说一个要12000基普，那我还是要两个吧。

我接着跟她商量，想先装配好再付钱，但她不断地要钱，我不断地说得保证能用才能给钱，她急了，汉语脱口而出：“我们就是卖配件的，只管卖不管修！”

当时我就震惊了。

当知道我们是同胞后，就开始愉快地聊天。她又给倒水又给吹电扇的，还告诉我她是湖南人，来老挝五年了，生意越来越不好做，税涨了10%，儿子在中国，毕业一年了，她还说万象这里做配件生意的人都是中国来的，湖南湖北的比较多。走的时候，我问她怎么称呼，她羞涩地说：“叫我阿美。”

在阿美这里买的脚蹬，骑了一个小时就松动了，然后掉了。我又开始四处找修车的地儿，竟然一家都没有，于是再次投奔到沿途一个中国人开的配件店里，老板娘告诉我：“今天是新年啊，没有修车的出摊。”

我忽然惊喜了一下，新年第一天啊，但又有点绝望，难道要推车到泰国吗？这个时候，能顺利地往前骑都是一种奢望！

我只能先推着走，依然是边走边找，边境地带总有住宿的地方。深感幸运的是，遇到位修摩托车的大哥，他说了一大堆我也听不懂是什么意思，然后他直接把电焊拿了出来。嗯，我喜欢，这下能一劳永逸了。他给我焊上后，我骑着舒服多了，极度兴奋，主要是脚不痛了，我幻想着马上到泰国的情景。

过了有20分钟吧，脚蹬表面开裂了，中国货啊……脚蹬轴已经焊死，根本拧不下来，只能直接蹬着那根轴，忍着脚心的疼痛往前走。又过了20分钟，那焊死的脚蹬轴也掉了。啊，世界安静了！

对于我的车可能出现的任何状况，我都能够坦然接受。

我把车推到一家汽车修理店门前，修车师傅一脸疑问地看着我。之前的脚蹬还剩一个，我拿出来开始比画，并让他焊得死死的。

这样，我总算是顺利地离开了老挝。

回想起来，进老挝的第一天是在修车，出老挝的这一天也是在修车，说是天意，不如说是“中国情缘”。

我开始的计划是买个旧单车，修理几次就利索了，谁知道这里的配件都不经用。进了泰国，新换的脚蹬又开始有了一点点裂缝，我只能轻轻地骑着。

我刚骑行过的地方就是金三角地区，这里之前是刀耕火种的农业社会，土地一般两三年轮种一次，因此这里的人每十年左右就要搬一次家。他们种旱稻、玉米、甘蔗、烟草等，种罂粟也是为了与外边交换生活用品。

遗憾的是，没看到大麻什么的就离开了老挝。

边界换汇

过了老挝边防，开始顺左边骑行，很不习惯，这只是到泰国的第一个不习惯。

今天最大的问题是找不到住宿的地方，一路问人一路找，一个小时过去后终于找到一家 guesthouse，里面就剩一个值班的老头了，他说："今天是新年，全满了，整个廊开都是。"

这个时候我已经饿得快虚脱，只想先弄点吃的，可没有地方收基普或人民币，我知道在万象可以用泰铢，便以为在廊开也应该可以用基普。结果，失算了。

廊开是个小地方，而且又是晚上，根本找不到换钱的地方。我拿着一点点基普和一叠新崭崭的人民币，肚子空空地走在湄公河边，希望就像河那边的灯光那么微弱。

终于在一家我试图换钱的店里得到明确的信息：只能到边界去换，那里可能有，这里无论如何都是没有的。

于是我一咬牙又回到了关口，已经 9 点了，黑漆漆的，我四处问人，但语言不通，和一个人比画了半天也讲不清楚。这时正好来了一个旅行团，我就推着车子迎了上去。

领队是个很漂亮、很精神的泰国姑娘，讲一口标准的英语，笑起来很美。她停下来后一堆人围了上来，都很关切的样子。我说明情况后，她用泰语和那些我听不懂讲什么的人聊了一会儿，像是在问汇率之类的，然后拿走了我 100 元，给了我

500泰铢，然后消失在黑夜中。

我返回廊开，找吃的，找住的。脚又开始隐隐生疼，刚才骑得比较急，脚蹬又掉了。

人累得很了，就应该大吃大喝，但手里钱也不多，不敢乱花。这里的物价已经比老挝低很多了，种类也多。我觉得中国的物价正在向老挝的水平发展。

再者就是觉得这边的人很好。吃完饭我说能不能给我点冰块，结果那个微笑的服务员给了我一大包，我都不好意思要了，因为我的大瓶可乐是在超市买的。

第二天还得修车，淡定。

泰国

在泰国，

我得到很多热心人的帮助。

微笑之国，

我很庆幸来到这里。

1月02日 泰国好人多

早饭：50 泰铢　晚饭：120 泰铢　饮料：35 泰铢　住宿：200 泰铢

路线：廊开——乌隆（骑行 20km，搭车 33km）

共 53km

泰国的天空那么舒缓……

出发前，我又到关口，把手里的基普换成了泰铢，汇率比较乱，换完之后才明白，几乎是对半折的，但那时不换就没得换了，我被算计了。

可见有些事情必须早作准备，万不可想当然，每一个地方都有自己的特殊情况。

我这一路上的故事多半围绕着修自行车展开。到乌隆就 53 公里，于是想先将就一下，到了乌隆再大修，赶路要紧。谁知道，这一赶路，赶出了很多的问题。

虽然骑得脚痛，但是实在想坚持到乌隆。我

廊开到乌隆的路中，被单车折磨得很憔悴，但搭上车的我，“很骄傲”！

还是穿着原来那双已经裂掉的鞋，因为不想再穿坏另一双了，一点小疼痛还是可以忍受的。关键是一出廊开，链条就开始不断地卡，我深刻地知道，其他的问题就要开始登场了。

后变速盘已经散了，不能顺畅地使用，走一段整理一下，很费劲，后来我干脆把链条从后变速盘上摘下，直接骑，可是这样一来链条就变得很长，一会儿掉一会儿卡的，终于在一次加速的时候被卡断了。彻底断了念想……

离乌隆还有 30 公里，怎么办？看时间，推到那里就得 7 点了，关键是体力能不能跟上？我一边想，一边加紧推，因为没有选择。推累了我就把座位调低，两条腿像划船似的往前走，后来右脚被掉了脚蹬的铁轴划到，就又开始推。当然，也在想着如何搭辆车。

路过一座凉亭的时候，一辆小卡车停在旁边，车上的人在凉亭里休息。这是一家四口，从廊开旅游后回家，这家人很好，我比画了一下，男主人就答应了，我由衷地觉得自己的运气真好！

他们把我拉到乌隆，带着我四处找修车的地方，逛了半个小时也没找到，就叫了辆 TT（当地的出租车，按发音应该叫突突车），其实我觉得把我扔到路边就行了，可他们一直微笑着做这些，我只好看着他们和 TT 司机交涉。

一开始我以为他是在问路，但大叔忽然问我："你有钱吗？"意思是他们把我交给那个司机了，我摇摇头、摆摆手，意思是我不用打车，自己找找就好了。

大叔显然没有理解我是什么意思，拿出自己的钱包，准备付钱。原来他把我的摇头理解成没有钱了。

大叔表情都没变地就把泰铢塞到了司机的手里，我一把夺回来还给了他，然后为了让他明白我的意思，我把我的人民币全掏了出来，他看到后赶紧给我塞了回去，并警觉地看看四周。他明白了我的意思后，留了个影，说了再见，然后就走了。

我开始绕城转，好大的乌隆城，却找不到修车的，也没找到卖车的，遇到家旅店，太贵。语言不通，找不到会讲汉语的，尽管到处都是汉字，据推测可能有一些人会讲潮州话。很多人微笑地指路，有个大哥还给我画了张地图。我却因为要找的目标太多——修车、买车、住宿、网吧——一直找个不停。

不经意间遇到家单车俱乐部，外面都是单车，我很有兴趣地进去看了看，老板人很好，我给他看我的车，他二话不说就把链条给我接上了，我生怕被宰，不断地问他多少钱，他一副听不懂的样子，终于听懂之后说："不要钱。"

这下轮到我过意不去了，老板满手油，一身汗，怎么能不收钱呢？我问他你这儿有新车卖吗，他拿出了本杂志，说可以订购，我一看价钱，还是算了吧。我于是又斗胆让他把后变速轮卸掉了，这样我的车就变成了普通的车，但可以骑的普通车总比不能骑的变速车好。

乌隆很大，逛得我都迷路了。越战时，乌隆为临近的美国空军基地提供支持，当时这里一片繁华，如今倒有点没落和颓废。这里有时会有嘈杂的鸟叫声，但更多的是安静。

方向一片混乱，找到旅店后，之前遇到的网吧和饭店又不知道哪里去了，只好出去重新找。很多店里供的都是中国神仙，墙上写着生意兴隆，老板、服务员是华人，却无法顺畅沟通。但是我问问题，他们即使听不懂，也会报以善意的微笑。

明天到孔敬，一定要把钱换了，否则就山穷水尽了，"柳暗花明"都是活下来的人写的诗。

1月03日
漫长的一天

早饭：60泰铢　饮料：35泰铢　晚饭：90泰铢　住宿：170泰铢

路线：乌隆——孔敬（骑行60km，搭车50km）

共110km

每天躺在床上的时候，才会感到极度的疲惫。

彻底的绝望来袭

车的零件接二连三地坏，脚隐隐发痛，屁股也烂了，高度暴晒，钱不多，时间不够，风景不好，实在想不到骑下去的理由了！我出来是玩的，而现在的情形——我骑着沉重的车子，忐忑地左蹬一下右蹬一下——这不是在玩，是在扯蛋！

我把护肘垫到了脚蹬上，这样就不咯脚了，但骑起来还是不太舒服，左脚蹬关节处还在吱吱作响。热，体力在快速地挥发，身上的汗被风干后变成了盐，一摸一手能炒个菜了。

我不断预测着时间，时速20公里，照这样下去，还有5个小时，速度降下来后，我又安慰自己，也就多几个小时，不会天黑的……我看着地面，数着汗滴前行，正当意志昏沉的时候，右脚一下蹬空，护肘被我蹬掉了，再定睛一看，原来中轴都掉了，还是之前焊得不牢。

当然，我已经习惯，没别的办法，只能推了，可是今天的路程比昨天远很多。正当我犹豫的时候，前胎气陡然间跑光了，回想从琅勃拉邦出来连续补了三次后就再也没补，这条前胎也算完成了自己的使命。

我已经习惯绝望了，本来绝望只能有一次，可我却每天都在绝望中挣扎，在希望中奋进。推过去需要10个小时，只能搭车了。可当你停在路边的时候就会发现，拦下来一辆飞驰而过的车是多么的困难，况且只有当车过去了，才能看清楚车后兜是不是空的，这时车已走远。我便推着车往前走，走一点是一点，当时之计是希望遇到个汽车慢速行驶的地方，如收费站，加油站，测重站之类。

我兜里只剩下100泰铢，银行明天才开门，所以今天必须到孔敬，押上护照住一晚，第二天再给钱，所以最好搭免费的车，若要买车票，意味着我将没饭吃了。

然而这个想法只在我脑中停留了3分钟，没饭吃也没关系，只要能到孔敬就行，因为到不了，今天连住宿都住不起。我发现我的骑行一直处在疲于奔命的状态中。

其间有修车的地方，我却没有修车，因为孔敬太远了，天色已经晚到即使单车修好我也没时间骑到的地步。怎么办？今晚在路边找个人家住一宿，蹭点饭吃，明天接着推？可 100 泰铢，约 20 人民币，喝西北风去？

村口小憩

走到一个村口，看到前面有几辆 TT 车，我冲了上去，开始比画。泰国英语普及情况比较好，人人都是英语四级的口语水平——听还成，说就差点儿。

我开始介绍我的情况，并把最后一张 100 泰铢拿出来，他们很夸张地表示那里太远了，不会送的。这时一个会说英语的人出现了，说这里是车站。我听懂的时候很惊喜，这里竟然是车站！是车经过这个小镇的停靠点！他让我在这里等，我就在这里等。

等待一个未知的东西容易焦虑，路上人很少，偶尔有些行人匆匆经过。

车来了，我很高兴，可是上了几个人，又下了几个人车就开走了。他们的意思是：运不了单车，车上没地方，新年人太多！我用乞求的眼神看着售票员，她也很不忍，但仍内疚地说没有地方了，并打开行李仓给我看，的确是满的。她让我等下一辆。

我只能又回到那几个闲着的TT车司机那儿，问他们这事儿咋整。他们又帮我找了个讲英语的，这个人戴着圣诞老人的帽子，在路边一个人唱KTV，很有喜感。他告诉我："其实这附近有个火车站，离这里2公里，你可以让那些TT车司机带你过去，火车运你这辆单车是免费的，如果你先找到站长签字，那么你坐火车也是免费的。"

我问："为什么免费？"

他说："在泰国，坐火车是免费的。不过你是外国人，可能要拿着护照找站长签字后才可以。"

我说："还要找站长啊？都这么晚了，我还是在这里等着吧。"

他说："这样，如果下一辆还不让你坐，你推着单车往前走，有个警察局，他们会帮你搭上去乌隆的车。"

我说："找警察？真的吗？你确定？"

他说："当然，这是他们的工作。"

我就按他说的，在这里等下一辆车，不让上的话，就找警察叔叔。说不定还能在警察局蹭一晚上。

忽然我身后有个人喊道："喂，来这里坐。"

我说："没关系，我在这里站着就行了。"

他已经给我搬出来个凳子，我就过去了。

他说：“我看你等车等了很久了。”

我说：“是的。”他是这家配件店的老板，30来岁，我们坐在他店前。

他说：“你喝水吗？”

我说：“喝。”我是真的很渴。

他去倒了一杯冰水给我，他说：“你是日本人吗？”

我说：“我来自中国。”

他说：“你是骑单车过来的？”

我说：“是的，我从云南出发，穿过老挝，从廊开进入泰国，然后到了这里，我的车坏了。”

他说：“你今天要去哪里？”

我说：“我得到孔敬，因为要取钱，我只剩下100泰铢了，新年这三天泰国银行放假，我都快把钱花光了。”

他说：“是的，孔敬有银行，你可以到那里取钱。”我确实没什么耐性聊天，只是望着远处看是否会来车。

他说：“等会儿我的家人去乌隆，可以把你带过去。”

我喜出望外，说：“真的吗？他们住在乌隆吗？怎么这么晚了去那里。”

他说：“是我的父亲和母亲，他们住在乌隆，和我一样也在这里做生意。他们等会儿送个东西过来，然后回去。”

我压抑着激动说：“那太好了。”

说完，他就打电话联系去了，之后回来接着聊天。

今天多亏了配件店老板和他家人的帮助，泰国好人多。

过会儿来了两辆车，一辆是他妻子开的，过来接他回家，一辆是他父母开的，过来送东西，车里还有他漂亮的表妹。

他把我介绍给他父母，显然他们也很乐意帮助我这个外国人。在去乌隆的车上，这位大叔不停地问问题：你叫什么名字？为什么来泰国？你有几个兄弟姐妹？你家在中国哪里？你会开车吗？虽然有的时候一个问题要问三遍我才能听懂，还是在那个漂亮表妹的帮助下，但他仍乐此不疲。

快到乌隆的时候，大叔说："我先带你去换钱，然后带你

去找住宿，之后带你去吃饭。”

我说：“我自己可以去找的。”

他已经在打电话了，听着像是在联系一个中国人。

打完电话他说：“我在联系一个汉语学校的朋友，我们叫他老四。我准备把你带到他那儿，让他帮你找住宿的地方，这样能帮你翻译，会方便些。”

一听到老四这个很老友式的称呼，又想到他一个人在泰国这样的城市教汉语，还结交了一群热心的泰国朋友，就很想见见这个人，可能会有很多故事。

大叔把我带到一个大商场的停车场，然后小表妹带着我去换钱。换完一看，汇率竟然是 4.05——直接折了我 20%。

汉语学校的同胞

之后他们带我去汉语学校，找到了那个叫老四的朋友。我一看，是一个眼睛高度近视，又瘦又矮的年轻人。

我迎上去，很热情地说：“你就是老四吧？”

他一脸茫然地说：“你说什么？”

我看着大叔，以为他们认识，大叔一会儿用英语，一会儿用泰语说：“我有个亲戚，以前是你的学生，这个朋友是从中国来的……”

我已经听明白的是，不是老四，是老师。

眼镜男很不耐烦地说："你让他说。"

于是我用汉语讲了一下自己的经历，末了我问："我能住这里吗？"我看着楼梯旁边两张空空的床。

眼镜男说："我得问问领导。"于是打电话去了。

大叔问我怎么回事儿，我说："他得请示他领导。"

过了会儿，眼镜男过来说："这里没法住，我带你去外面找吧。"

我说："好的，最好能便宜点。"

下了楼，大叔说："你有了新朋友，我们就不带你吃饭了。"

我留下他们的联系方式，并表示了严重的感谢。同时，我心里对这位中国朋友的预期不是很高。

大叔走后眼镜男说："我也不知道哪里有住宿的地方，我泰语不好，才来几个月啊。"于是又开始打电话问人。

这时一群女老师吃完晚饭回来了，相互介绍的时候知道大家是来自全国各地的，还有一个是老乡。我简单介绍了我的情况，当说到我以为在廊开可以花老挝的钱的时候，一个大龄女轻蔑地笑了出来，看来她对我骑单车这一白痴行为实在忍无可忍了，她说："在泰国怎么能花老挝的钱！你脑子有病啊？"

我定定神，平静地说："是我没考虑好，不过在磨憨可以花老挝的钱，毕竟是边境城市。"

大家帮我在还没出校门的地方找到家很便宜的旅馆，之后眼镜男就当起了我的翻译，和我一起去吃饭。

眼镜男说："你吃什么，这里通常有海南鸡饭和猪扒饭，你喜欢什么？"

我说："海南鸡饭吧，量很少是不？"

眼镜男说："一开始我们也觉得少，后来习惯了就好了。"

我们进了一家快餐店，然后开始漫无边际地聊着。

我说："泰国人都挺好的，你这份工作挺不错的。"

眼镜男说："泰国人啊，是有点热情，但是也很八卦，时间久了就会觉得无聊。"

我说："你怎么得到这份工作的？不是自愿的吗？"

眼镜男说："我跑这么远，还不是为了混口饭吃。当时学校有名额，我符合条件，而且工作内容很简单，就是教基本的汉语，薪水还不错，就来了。要不然我才不愿意来这破地方。"

我说："这个地方还破啊？我看着还不错啊。"

眼镜男说："这个地方很小的。可这座城市都已经是泰国第六大城市了，就这么破，搞笑不，哈哈。一个曼谷的经济总量就快占到泰国的一半了。"

我说："曼谷确实挺大的，你来这里多久了啊？"

眼镜男说："不到一年，我的泰语也不是很好。你刚才见到的那个女孩（就是大龄女）来这里好几年了，都不准备回中国了。"

我说："居住时间久了，就可以移民了，是不？"

眼镜男说："这里好像没有什么移民吧，长期住着就好，很多外国人申请的都是长期居住。”

我说：“那你呢？是不是准备到时候回国？”

眼镜男说：“回国？看情况吧，回去就业压力那么大，我们教师在这里很受尊重的。”

我说：“好吧，你们是怎么过来的？老挝还是曼谷？”

眼镜男说：“老挝？那么破的地方谁去啊，我们是直接坐飞机到曼谷的。”

我说：“那从这里到曼谷有没有什么好玩儿的地方可以介绍给我？”

眼镜男说：“没有，没啥好玩的地方，你到曼谷了还好，这附近都不行，太小。”

我说：“这地方不是有些大学挺有名的吗？”

眼镜男说：“这的大学和咱那儿不一样，都很大，就跟片村庄似的，也没啥意思！”

话不投机地聊了这么久，还是赶紧吃完准备掏钱走人。

这时眼镜男说：“我帮你掏钱，一定要我帮你掏！”

结果我都把钱递上去了，他的钱也没掏出来，我忽然感受到这位新朋友中国式的热情扑面而来。

睡前发现地上竟然有小强，明天一定要换个地方住。

好漫长的一天啊！

1月04日 微笑之国

火车票：320泰铢　早饭：200泰铢　晚饭：80泰铢　公车费：70泰铢　住宿：170泰铢

我总喜欢去大学看看，我认为那里是最纯粹的地方。

热心的僧人

连续几天的舟车劳顿有些吃不消，决定留在孔敬玩儿一天，然后坐车到曼谷。

外面下着淅淅沥沥的小雨。快中午的时候，我在一家商场跑上跑下，想找到某国际著名连锁西餐厅，却没有在餐厅聚集的六楼发现，而是在冷冷清清的地下一层找到了肯德基，毫不起眼，店里也没几个顾客。新奇的是可乐和甜酱可以自取，印象中饮料是用很漂亮的玻璃杯盛放的。不是国际连锁吗？怎么国家不同待遇还不同……

接着去火车站买票，坐了辆公共TT车，50泰铢到。我在纷乱的车站四处问人哪里售票，没有人会说英语，热心人有的指这个窗口，有的指那个窗口，到了这个窗口，窗口里的人又指向那个窗口，终于找到了卖票的地方，但是一问，服务员又把我指向另一个窗口，我彻底晕了，表示不懂。那个温柔的女服务员指了指在旁边候车的和尚，意思是他会讲英语，让我去问他。

LP上说，和尚在泰国很有地位，公交车后面一排是给和尚留的，我今天也亲眼见到为了让一个和尚过马路，临时指挥交通的大叔一个手势把一路的车都停了，让和尚先走。

佛教在泰国的地位不言而喻，除了南部的马来人信仰伊斯兰教外，泰国各民族人民都信仰佛教。男孩一般都要在寺庙生活一段时间，时限不限，三年、三个月或几天。在泰国，当过和尚的男孩才被认为是真正的男人。

这倒让我想起了国内那些拉着横幅迎接领导视察的和尚，真是和尚比和尚，气死尼姑啊！

我挪到了这位老和尚旁边，我几乎没有跟和尚讲过话，这一回还是外国的和尚，很忐忑，他要给我念经咋办？

这位大师面相很和善，我合掌打招呼，简单说明问题后，他丢下行李盘缠给徒弟，带着我去窗口。原来第一个窗口已经卖光了今天的票，因为是新年，泰国人过年的劲头真足啊。第二个窗口是卖 VIP 的，可以买到明天的票，但是要到 VIP 车站坐车。我晕了，这里买票还不能在这里坐车吗？经过和尚的一番交涉，最后得出结论：我明天在这里等，会有车来接，单车免费带，因为是 VIP。好吧，本还想坐个夜车，省一天钱，看来，只能又悲催地回到那个小强遍布的小旅馆了。

剩下的时间我打算去孔敬大学看看。我对大学校园一向抱有十足的热情，我用大一的一年时间搞明白自己上的大学是个什么样子后，人变得有内涵了，思想境界也有了显著的提高。大学是社会这个大池塘的源泉，无论这个池塘有多脏多臭，只要源泉是清泉，那么这个社会就会越来越好。

孔敬大学

孔敬大学简称 KKU，我拿着旅游服务处给的地图一路问人去找 KKU，跟着一个身穿校服的学生到了一所学校，结果错了，找到的学校是 KVC，这也差太远了吧！我和保安室唯一的一个男同学聊开了，他帮我问了路过的一个同学，结果帮忙的热心人越围越多，这让我很不好意思，最后还愉快地合了个影。他们告诉了我到 KKU 要坐 8 路车，看到车我才知道，其实不是什么公交车，本质就是辆 TT 车。

KKU 好大，我提前把随身行李收拾得差不多准备到校门口下车，结果车开进去走了一站地才有车站。车站附近就是个艺

上图：孔敬大学的紫色很迷人，这里挂着王后的画像，这就叫母仪天下吧。

下图：泰国学生　漂亮的不只是校服。

术展览馆，我还拍到了几幅自己喜欢的画。它与中国的大学不同，像是个小镇，有荒芜的树林和精致的草地，房屋的布局很散，路边停放的摩托车很多，也有很多学生开车，就是没有自行车，很怀疑这是不是到了大学，难道因为是艺术类院校？

就像电影《暹罗之恋》里出现的那种场景，走在路上可以见到很多学生族，她们都穿着校服，很漂亮、很清纯。我晚上找网吧的时候，就是一个穿校服的小妹妹给我带的路，我问她哪里有网吧，她指了半天我也没明白，她说了句："follow me。"我就在后面跟着，她讲话不多，带到后微笑了一下就走了，只剩下我在原地思考人生。看来我得学着适应热情的泰国人。

微笑之国，我很庆幸来到这里。

1月05日
我是VIP

吃饭：70泰铢　住宿：280泰铢

路线：孔敬——曼谷（坐车7个小时）

慢慢走近曼谷。

一大早就离开了满是小强的旅馆，这个地方注定会给我留下深刻记忆，它几乎是我住过的最烂的旅馆。

坐车的时候又找回来一点感觉，不愧是VIP。我在售票窗口等了一会儿，一辆面包车过来，把我和我的单车从这个车站接到了那个车站，我正想着这趟车不会就接我一个人吧，我的单车还占着很多地方，等会儿上人了还得挪一下，正琢磨着目的地就到了。

我听闻车上会发食物和水，就什么也没买。坐在车站，我一直焦虑地想确定自己的班车几点到，在哪儿上车。穿戴整洁的工作人员不止一遍地说：“你的车来了我会叫你的。”直到我看到一辆已经发动的车，再一次很不好意思地问那个忙碌的工作人员：“是那辆吗？”他说：“是的，就是那辆，你快点上。”你可以想象我当时的反应。

大巴车是双层的，我被安排在第二层的第一排，有空调，还发了些零碎的小食品，一切都很好。座位旁边是个德国人，表情有点傲慢，额头很高，鼻子很大，车上除了我俩应该没有其他外国人了。

坐在车上，一路看风景，很早就感觉已经进了曼谷，但无法确定，因为曼谷很大，车上也没有播放“曼谷人民欢迎您”的广播。车突然就停到了曼谷车站，停了不到一分钟人就走光了，实在有点太突然。我走出去十几米又回车上拿丢下的帽子，全车工作人员都在微笑地等着我。

我的车现在处于罢工状态，于是我开始推着车游览曼谷。我抱着“走一步赚一步”的指导思想，开始了漫漫的曼谷之行。问过交警确定了高山路的方向，然后就迷路了。我的经验是，如果不是长住，不要试图弄清楚曼谷的地图，以女生方向感的平均水平来看，弄清楚正反需要大概半个小时的时间……

LP 上的地图不是很详细，一路走一路问人从天亮逛到天黑，也没找着。路过泰国国家铁路局（好像是），我问站在门口的保安高山路怎么走，他不懂英语，但能听懂高山这两个单词。正当他挠头的时候，一个姑娘走了出来，像是刚加完班，略有疲惫。

她看起来像是刚刚大学毕业，一米六的个头，长长的披肩发，标致的五官镶嵌在鹅蛋脸上，一颦一笑流露出些许青涩的稚嫩。上身穿着白色薄T恤，下身穿着到膝盖的毛边牛仔裤，左脚脖挂着银色的链子，穿着双深蓝色的凉鞋，更显出脚的嫩白。我忽然间又羞涩了。

她因为英语不熟练讲话很慢，但发音很圆润。她指了一会儿路，我还是没弄清楚，她很难为情地问我："你是真的不会讲泰语吗？"看来她真的想多了。我很无奈地说："当然是真的。"然后她让我拿出笔和纸，给我画地图，我直接让她画到LP上了。

晚上，终于在高山路住下。

这里280泰铢一晚，有空调，明天换到没有空调的屋子，180泰铢，就比较划算了。其余的地方要么人满，要么太贵，都在400泰铢以上。还问到一个2400泰铢一晚的guesthouse，那个女老板坏坏地笑着，让我觉得里面肯定有什么特殊服务。不过还好，我住的旅馆电视里也有惊险刺激的成人爱情电影，就是一开始先聊天的那种，但比较不爽的是无法快进。

单车要修，存照片的硬盘突然坏了，预算不够，各种麻烦事儿。眼前急迫的任务是：换房间、修车、办签证、去银行、买地图、上网、修硬盘。

最重要的是硬盘，若硬盘坏了，就完了，车子可以烂，放照片的硬盘不能坏，犯错误总是要有底线的。

1月06日 曼谷街头巷尾的风情

上网：55 泰铢（一分钟一泰铢） 午饭：60 泰铢 晚饭：80 泰铢 住宿：180 泰铢

曼谷的一切还是应该用照片来叙述。

高山路附近根本没有修自行车的地方，卖配件的地儿都不好找，莫非再跑回胜利纪念碑？经过那里的时候好像见到过。

另外，为了汇率划算，我准备用银行卡取钱。我记得国内新闻说过在泰国已经有银联了，有些 ATM 机上也有银联的标志。但今天问了两家银行，工作人员都说没有听说过 uinon pay（银联），而且我的银行卡在 ATM 机上也取不出钱。

我顿时傻了，我带的钱要是不够了，难道真要跑到大使馆不成？于是上网查，顺便小试了一

EXCHANGE
CENTER
Khao San
MERRY X'MAS
HAPPY NEW
DEE

下硬盘，竟然能用了，心里顿时放下了很多石头中的一块。

网上的说法跟我之前的查证是一样的，因为我之前也是在网上查的……网上说招行的一卡通肯定能用，我又自己分析了一下，终于弄明白了，我的卡上只剩下 240 泰铢，银行没有这么小的面额，所以取不出来，最少取现面额都是 500 泰铢的。

我对这里的食物不是很适应，甜而腻，所以我总是一种不饱不饿，吃不下去的状态。LP 上的小地图看得我头疼，于是我买了张曼谷地图，然后头更疼。我研究了一下午，晚上准备出去拍夜景，忽然下大雨，只好改到明天，顺便也拍了几张雨景。

今天没干啥事儿，到了旅途的一个节点，不免放松一下，明天要抓紧时间了。

1月07日 自由之邦

柬埔寨签证：1100泰铢　玉佛寺门票：450泰铢　卧佛寺门票：45泰铢　吃饭：300泰铢

我好像闯进了一个新鲜的世界，对一切充满好奇。

今天很高兴，搞定了签证，并且顺利地取出了钱，逛了玉佛寺和大王宫，还去了唐人街。

除了对曼谷的交通稍有意见，其他都很好，特别是这里自由的氛围和人们脸上友好的微笑。泰国的“泰”是自由的意思，泰国便是自由之邦，而曼谷的意思是天使之城。

自由是指对宗教的尊重。泰国被称作“黄袍佛国”，这里盖得最高最大的建筑不是政府，而是寺庙。要想寻找最具代表性的泰式建筑，大王宫和玉佛寺是必去的地方。它们位于曼谷中心，

玉佛寺 在玉佛面前沾一下圣水，会带来平安和幸福。

比肩而建。玉佛寺的卧佛，全身由绿玉精雕而成。据记载，是古时印度阿育王所赐，由龙军长老雕制而成。

自由是没有历史的包袱和枷锁，能够活在当下。泰国没有太敏感的民族情绪，不会一被忽悠就去砸车。泰国历史上也没有沦为过殖民地，因为泰国有自己的生存之道，利用列强间的利益关系，在夹缝中求生存。当然，历史问题非三言两语能说清楚。

自由是对人性的解放。比如男女恋爱的自由，男男恋爱的自由，女女恋爱的自由，还有男变女的自由，我这样的解释没有贬义。

1月08日 会写汉字的热心老王

修车：350泰铢+170泰铢　吃饭：300泰铢

一座城市总会有一点独属于自己的风情。

早上推着车子出门，本想坐辆TT车直接把我送到修车铺，但路费太贵，咬了咬牙还是没舍得。路过一拐角，问了几个在一起乘凉聊天的人，众口一词地说前面有，我便推着战车朝前去。

推了一会儿，一老汉骑着摩托车赶了过来，就是刚才给我指路的那些人中的一个。他用中文说："我带你去，怕你找不到。"老汉姓王，今年66岁，他说他父母是中国人，一听到中国人，我有点儿恍惚。按他的指令，我坐在他摩托车后面，一只手提着单车前把，另一只手扶着他。这动作难度系数太高，我担心地说："这样行吗？"

话还没讲完，他已经出发了。老汉很精神，很干练。

他先把我带到了一个修车铺。换脚蹬和前胎开价要400泰铢，我说太贵了，他又和老板说了半天，然后告诉我只换前胎170泰铢，换脚蹬还得等两个小时，这里没有货，要去取。我决定先把前胎换了。

之后王老汉告诉我："一个叫阿拉加的地方有卖单车配件的铺子，你自己能去吗？"我说："指给我方向，我能去的。"他指了指方向，中间拐了好几个弯儿，我满脸愁容地说没问题，他看到我这副模样后说："还是我带你去吧。"

他骑摩托在前，我踩着一个脚蹬子晃晃悠悠地跟在后面。过马路时，路上川流不息的车辆，老汉一抬手，一副不容置疑的表情，那车就慢了下来，给我们闪出了一条缝儿。到前面该往左转了，却是红灯，我以为左行道的交通规则里是可以随时左转的，但是他却在那里等着，说此处有禁止左转的规定。

我不禁意识到，在一个尊重规则的社会里，人与人之间便有了更多的尊重，"车让人"的现象便不足为奇。因为对规则的尊重，就是对他人的尊重，而对人不尊重，对规则的尊重也就无从谈起。

拐了弯没多久，老汉接了个电话，然后对我说："有笔生意要做，你往前走就能找到，我先回去了。"

我不断地看着路边的牌子，找着听起来像阿拉加的这个地方，我一路走一路问人，捋来捋去还是乱七八糟，正当我困惑

帮助我的王老汉

该怎么走的时候，王老汉再次出现了，像超人一样！

他说："我带你去，怕你找不到。"

我问："那生意呢？"

他说："推掉了，先帮你再说。"我感动得不知该说什么。

第一家店，只有脚蹬子，王老汉和老板娘聊了会儿把我带到了另一个地方，一问价钱，换全套的要500泰铢，我说："太贵了！"王老汉说："我替你出300泰铢，如何？"

王老汉很认真地和我商量，让我更加惊慌失措地感动，我说："一路过来，修了很多次车，我知道价钱，主要是太贵了，

让我想起了《初恋这件小事儿》。

你千万不要替我出钱，你已经帮了我很多，真的很感谢。”

我请他再和那个老板商量一下，只换一些主要部件，保证车能骑就行。最后决定不换车中轴，350泰铢。我说：“我自己可以处理了，你快回去忙你的生意吧。”然后和王老汉拍了几张合照，把他送走了。留下我独自感叹泰国人的善良！

其实很多泰国人都是华人，约有600万，约占泰国总人口的12%。华人先民移居中南半岛始于公元前1世纪，大批移民来这则是19世纪下半叶到20世纪30年代这段时间。

华人主要分布在城市中，曼谷市民中华人占40%。现在的

曼谷很著名的一个角度，在很多电影里可以看到。

สายใต้ใหม่ 40 รามคำแหง
40

华人多为中泰混血，混血华裔多数融合于泰人之中，但他们仍保持着华人祖先的传统。

我之后去了暹罗广场，其实也不是广场，是个很大很大的商业中心，商场全都连着，我也没什么要买的，在外面逛着玩儿，拍拍夜景。进商场里面上了趟厕所，迷路了……

之后去著名的四面佛前参观学习了一下，然后拿了签证回旅馆。

曼谷的景色还是很令人难忘的。

1月09日 楚门的世界

午饭：180泰铢　晚饭：100泰铢

在《楚门的世界》这部电影中，最震撼的一刻无疑是楚门碰到“世界边缘”的那一瞬间，其实世界没有边缘，藩篱在人们的心中。

这些天很多主食吃不习惯，我又抠门儿舍不得花钱，于是只能吃烧烤……

泰国很多月租式的旅店很不错，一般短租一个月，不是很贵，条件也不错，我在泰国很多地方都见过，以后有时间又有点钱了，可以带着女朋友来这里小住。

在曼谷的最后一天了，干点什么好呢？

已经在曼谷街头晃荡了几天，今天决定把目标定在蓝比尼公园，我想那一定是一处清新怡人的地方。果然这个公园简单而安静，草、树、

偶然经过泰国五世王铜像广场，这个景点居然没有在 LP 上。

鸟、椅，然后别无他物。

我逛着逛着有点儿犯困，然后就躺椅子上睡了，保安微笑着把我叫醒，让我注意我的包。我醒来后还是不想走，接着赖在公园里看 LP、发呆、咬指甲，感叹第二天就要离开这个地方了。湖边的草地上有很多人在休息，享受自然与阳光。而我之前所见的城市中，草地是不能让人踩的。

我单车的脚撑子松了，觉得是小毛病就一直没修。来蓝比尼公园的路上，我骑得很慢，有个小姑娘很忐忑地叫住我，指指我的脚撑说："up。"我才发现脚撑子已经摩擦到地上吱吱作响，之前都没当回事，但别人善意地这么一提醒，顿感温暖。

晚上到胜利碑，想买鞋，但是没有找到我这么大号的，内裤也都太小。

晚上回旅馆路过泰国五世王铜像广场，拍照的时候遇到气质不凡、谈吐优雅的张先生，他经常去深圳，主要做外贸生意。他问我英文名，我临时想了一个说："叫 Trueman。"他很惊喜，说他也看过那部电影，他问我："你不会是看了那部电影才想出来的吧？"我说："可能吧，有一天我骑着，突然间砰的一声，到世界尽头了。"我们都哈哈大笑。他很健谈，还给我拍了很多照片，说会传给我。

没有时间用来留恋了，赶路重要，剑指吴哥窟！

1月10日 小河旁的泰国小镇

午饭：100泰铢　晚饭：150泰铢　住宿：200泰铢

路线：曼谷——差春骚（全是平路，路况较好，但路上车流较多，需注意安全）

共75km

洒落一地的自由，我只是捡起了其中的一个碎片，可能这是仅存的一片，但这一片中有蓝天和白云。

破车重新上路

我又开始了自己的旅程，旅程可以按计划推进是件很幸福的事情。如果要给我的骑行旅途画幅漫画，那么我建议把我的单车画成一堆废铁。

我的车撑子坏了，总是自由落体，路上好多人提醒我车撑子的问题，被别人关心让我倍感温馨。一开始是一个司机，他正准备发动车，我从

差春骚 小镇中居然见到悠然的大象。

他身边经过的时候惹得他大叫，我一开始没懂什么意思，后来他从我身边经过，特意减慢车速，副驾驶的美丽女子应该是他老婆，微笑地指了指车撑子，我方才意识到。

然后我就贱不拉几地放任车撑子掉了也不管，故意寻找关心，前后大概有 5 次被人提醒……

一路晕晕乎乎地朝着目的地赶，后来猛然意识到，再往南一点，就能看到海了，现在已经看见绿田里的点点白鹤，我甚至想起了一句歌词：你问我要去向何方，我指着大海的方向。

找旅店被拒

傍晚抵达差春骚，差春骚的旅店好难找，这儿地方不是很大，感觉上有些萧条，经过不断问人，终于找到家标有汉字的旅店，故事就这样开始了。

我刚跟值班的老太太开口，说要住宿，她就直接拿钥匙准备上楼了，陌生地方一定要先问好价钱再说，没定价我可不敢住。于是老太太把我带到了老爷爷那儿，老爷爷正和另一个老太太在吃饭……

我不断地和老爷爷讲着“how much”，他不懂，我于是拿起笔，意思是让他写下来价钱，他拿出张纸，又把笔还给了我。于是我拿出一块钱，跟他比画了一下，又让他写，他忽然不耐烦了，可我不能放弃啊，我拿起桌上的钥匙牌儿，又“how much”地比画了半天，他居然怒了，一把把钥匙夺过去，用力地关上了门和窗。

我顿时傻了，这是怎么回事儿？他开始打电话，很激动的样子，我还想着是不是在给我找翻译。他打完后我敲敲玻璃，他一只手五指张开，朝玻璃一推，两眼一瞪，把我拒绝了。我顿时心凉了一半，这肯定有误会，莫非他觉得我想一块钱住店？于是我拿出500泰铢的纸币，贴在玻璃上，告诉他我不是想一块钱住你的店，他依然很严肃地摇摇头，然后低头吃饭，我只好无奈地离开。

我一边找住宿一边想，究竟出了什么事情？越想越觉得莫名其妙。

再找旅店就更不好找了，因为我问过的人都指向我刚才去过的那家，可见这家知名度很高。我只好继续沿着路走，快出城的时候，终于找到了家 hotel，可是一问要 400 泰铢，还了半天价钱说有 300 泰铢的，我无法接受这里比在曼谷的住宿都贵，只好折回去继续找。眼看太阳就要下山了，我还想赶到河边看日落呢，于是我一咬牙，回到了最开始的那一家。

老爷爷和老太太们在看电视，我敲敲玻璃，满脸认错的表情，然后招手让他出来，他怒气好像也消了。我在门口找了个 40 多岁穿着整齐的中产人士，他果然能讲流利的英语。他们说了一会儿，老爷爷拿出了一张纸，意思是问我是否在那个禁止住宿的名单之列，老爷爷还提到了 passport，我赶快把我的护照拿出来，终于，老爷爷开始微笑了。我问那个中年人，那张禁止入住的名单上写的都是什么，他笑笑说没什么，并说祝我好运。我谢过他，然后顺利入住，200 泰铢。

我估计应该是南方穆斯林闹的，这是泰国的顽疾。泰国在南部这些穆斯林地区宣传了几十年的佛教，但效果基本为零。

一座吴氏宗祠

找旅店的途中遇到一座吴氏宗祠，于是进去看看有没有会讲汉语的人。小门在侧，一把扫帚正在地上挥动。我进门便说："你好！"扫地老者说："你好。"我说："你会讲汉语，太好了。"老者面无表情。我问："这附近有住宿的地方吗？"他面无表情地说："没有。"我心想咋这么不热情，于是我说我姓吴，老者跟没听见似的开始关门。我也觉得自己挺假的，为了求人办事儿套近乎。

我开始转移话题，我问："能不能讲讲这里的吴姓都是什么时候来的啊？"老者说："几十年了。"我接着问："都是哪里来的啊？"老者说："有广东的，有福建的。"我说："我也是中国来的啊。"他又要关门了，显然我这开场白不够抓人。

我抓紧时间问最后一个关键问题："这附近哪里有住宿的吗？"他还是冷冷地说："没有，有的是那种住一两个月的，没有论天住的。"我说过谢谢就告辞了，这次交谈太失败。

住定后，我顺着路口出去，全是小吃摊，炒面、河鲜、米线……我一路吃过去，算是填饱了肚子。

回去的时候买了两瓶啤酒，竟然是甜的，喝完一瓶居然就上头了，我的酒量也没这么差啊！喝完第二瓶，吸了根烟，酝酿了一下，定了定神儿，然后吐了一地。没想到当年独战全桌的我今天竟败于此陌生之地，于是头晕晕地睡过去了。

1月11日 小镇与落日

吃饭：160 泰铢　饮料：70 泰铢　住宿：250 泰铢

路线：差春骚——卡宾布里（平路，路况良好）

共 80km

偶然闯进一个美丽的泰国村镇。

今天迷路了，出了差春骚后一直不能确定是朝甲民武里走还是朝巴真武里走，因为巴真武里（Prachin Buri）是省会，所以很多路标都指向那里。我见路口就问，Cambodia（柬埔寨）怎么走，结果长途车司机都不知道我说的是什么。

在分岔路口，一皮肤黝黑的货运司机大哥主动抢过我手中的地图，看了半天，结果也没说出个所以然来。他旁边那哥们儿竟然指向我身后的方向，我可是刚从那儿过来。最后我决定还是到甲民武里，这样是直线，比较近，可绕了半天，居然到了巴真武里。

小镇

落日

下午又在暴晒的情况下骑车，骑到最后膝盖越来越疼，索性到巴真就不走了，歇一天再赶路吧！依然是满城地找住宿。

印象深刻的是路过的许多泰国农村都很漂亮，每段地方都会有自己鲜明的特色，这块有上千亩的荷花池，那块又有上百年历史的水上市场，再加上纺纱的，养蛇的，还有不同的地方特产，可见这里的“新农村建设”搞得很不错。这儿的农民看起来活得很放松，没那么苦大仇深。

之前问路，进到一户路边人家的大院子里，我正讲着话，几米外啪一声巨响，探头望过去，一中年男子手中拿着一把枪，敢情这哥们儿在打猎，这农村生活太田园了！

1月12日 泰柬边境

饮料：95泰铢　吃饭：80泰铢　住宿：250泰铢

路线：卡宾布里——瓦他纳那空（路况优良，起伏较少，途经很多小镇）

共122km

对新地方的憧憬大于对老地方的留恋。

在泰国的最后一天

就要离开泰国了，心里颇不宁静，但是苦于没有荷塘，无处抒发。早上定的8点的闹钟，折腾到10点才起床，再这样拖下去，就耽误行程了，于是拼命地赶路，连照片都没怎么拍。

这天的路分成了三段，第一段是到甲民武里，第二段是到卡西，最后到瓦他纳那空。路过甲民武里的时候看到了去往差春骚的指示牌，上面写着90公里，这意味着我多走了30公里。不

甲民武里　忘记拍下那个优雅的火车头。

过这不会影响我的心情，至少没有走错路，已经很不错了。

泰国的铁路和火车很有意思。离我 100 米左右有铁轨，我眼看着前面的木栏被缓缓地放下。我停在木栏旁，十几辆车也停着，都在等着即将呼啸而过的火车。没有，还是没有，一直等了好久，终于看见一个孤零零的破旧的火车头冒着白烟缓缓而来，在众人的目光下不紧不慢地穿越马路。开到马路中间的时候，火车头突然鸣笛向小木屋里值班的工作人员示礼，有些人没留神被吓了一跳，然后它接着缓缓而过，驶向蓝天白云下的草原深处，像动画片里的情境。

到瓦他纳那空时已经天黑，没法儿再骑了，还有 20 公里到边境，明天一个小时就能搞定。路边有亮灯的牌子，我凑了过去，老板和老板娘坐在门口，住宿要 250 泰铢，我问 200 泰铢如何，老板娘有点不高兴，我想起，在泰国还价是个很不礼貌的举动。

可老板还在说着什么，我好不容易弄明白了他的意思，如果我只付 200 泰铢的话，就只能休息 3 个小时，现在是 8 点，我休息 3 个小时后去哪里？这是在和我开玩笑吗？

我转头到旁边的小店吃米线，准备晚点儿入住。米线里竟然有猪血，虽然我不怎么迷恋这玩意儿，但猪血至少不是甜的，我一口气吃了两大碗。

这家店的老板很和善，一副精明能干的样子，会讲点日语，见到我他张嘴就是“库你急哇！”我也说“库你急哇！”

他憋住了，估摸着也不会别的了，他要是再讲第二句，我也不会了。

之后用英语聊。我说："我不是日本人，我是中国人。"他说："那是台湾的了。"我说："不是。"他说："那一定是香港的。"我说："你再猜。"他说："难道是北京？"我笑了，他也哈哈地笑了。

旅店老板要登记，于是让他跟我要护照，他很歉意地说："没办法，这也都是为了应付检查。"我已经习惯不被人信任，他这么一讲，倒让我觉得心里挺舒服，我赶紧说："应该的，应该的。"

边境无甚风景，有些还是荒芜着的地，傍晚时候，处处烧田，有点小壮观。

都快离开泰国了，也没见到人妖，这是多么遗憾的一件事情。或者是见到了可我却没有觉察出来？

明天我将从老挝和泰国边镜的友谊大桥入关。

柬埔寨

Cambodia

这里，
不是我想象中的样子。
很多误会，
都是由于不了解，
而只有走进它，
才能真正了解。

1月13日 柬埔寨的第一天

吃饭：50泰铢+3000瑞尔　饮料：20泰铢　住宿：35000瑞尔
路线：瓦他纳那空——诗梳风（平原地区，路况优良，车流量较少）共78km

又一个新的开始。

早上总是起不来床，可今天过境大任摆着，不敢掉以轻心。那是举世闻名的泰国和柬埔寨的关口，单这个关口就可以讲很多很多故事。到柬埔寨就换了一个世界。

早上吃了一大碗的麻辣烫，要了很多粉丝。临走的时候，心眼儿很好的老板嘱咐我："要小心，那边的人很坏。"

泰柬边境的恐怖被无数的旅游书渲染过，而到了眼前才发现其实没有那么恐怖。

出泰国时还好，除了有人骚扰要小费——不给就行了，没啥麻烦。过去之后是一片缓冲

泰柬边境

地带，遍地都是赌场，怪不得过泰国边境的时候签证官问我：“你还回来吗？”这里就是所谓的不受法律约束的两国的边境地带。我路过的时候只是瞥了一眼，那些赌场相当豪华，具体多么火爆我也没有进一步了解，据说那里面的墙上没有钟，日光灯从早到晚地开着。

刚进柬埔寨，明显感觉简陋了很多，人也显得有些冷漠，当然我仅指边境这块。幸运的是盖章的时候并没有索贿，早闻这里索贿的数目都是看签证官当时的心情。

我忐忑地进了签证房，居然可以看到签证官胸前的工号，这点比老挝强，老挝的签证官像刚从赌场里出来，捞点外快就回去的样子，可见柬埔寨对边境的整顿花了很大的力气，所以真想要解决的问题肯定有解决的方法。签证官很慢很慢，我一声不吭地等着，最后他很不耐烦地给我签了。

屋里墙上贴着“禁止娈童”的女孩图片，这是一个怎样饱经创伤的国家。

LP 上说，到诗梳风也就 50 公里左右，可路标上竟然没有诗梳风这个地方，或许不是音译我不认识，但不妨碍我觉得这个名字很美。

晚饭竟然吃到了盖浇饭，并且一坐下就有人倒上茶水，我都有点受宠若惊。

过了关口，才看到了真实的柬埔寨，人们依然是微笑着的。最直观的感受还是穷，柬埔寨和老挝真是难兄难弟。

以前对柬埔寨的了解很少，就模糊地知道有个吴哥窟，一不注意还会和泰姬陵弄混。知道柬埔寨曾经死了很多人，但是具体到红色高棉，又说不出来什么。

柬埔寨没有我想得那么糟糕，不是我想象中的尘土飞扬，大路都是柏油马路。一个未知的柬埔寨等待着我去发现。

1月14日 在暹粒停留

早饭：2500瑞尔　饮料：5000瑞尔　晚饭：32000瑞尔　住宿：8000瑞尔

路线：诗梳风——暹粒（一路平原）

共110km

一路上那寂静如水的平原。

出发前还是去昨天那家吃的饭，我已经很久没有吃到有米有菜的饭了。刚到柬埔寨，汇率还没有搞懂，可能非要等亏点钱才知道用心去算算清楚。

天太热了，路上买了很多的饮料，给钱的时候总是捧一大把花花绿绿的票子让人家去挑，彼此信任的感觉是最舒服的。

今天起得也很晚，但总算睡得还可以，只是半夜外面有条狗一直叫，又莫名其妙地感觉体热发虚，还有蚊子咬。早上吃了饭就开始赶路，

100 公里左右，争取一下午拿下，平路就是好走，天没黑就到了。腿不再疼，但是却晒伤了，一摸就疼，柬埔寨的太阳有点儿毒。

还有 20 公里到暹粒的时候，一个摩托车司机跟我聊了起来，他也往暹粒走，说天黑之前我到不了暹粒的，用不用他送完人回来接我，我连忙说不用。其实路上不断有些骑摩托车的人与我搭讪要载我。

其中有一次需要提一提。那辆摩托车上载着个日本人，车上还放着很 high 的音乐。他们简单地问了一下我的情况，说有个地方住宿只要 2 美元，那个日本人把地址写给我，说可以和他一起住，然后拍了张落日就加速走了。

我心里开始犯嘀咕，衡量一番后，决定还是先找着这个地方看看，若不舒服的话住一晚就走便是了，我到底还是经不住钱的诱惑。于是摸黑到了暹粒后就直奔那里。

顺利入住，但没有遇见那个日本男孩，简单安置好行李就出去逛了。

暹粒这地方全是搞住宿的，有我住的 2 美元的混合旅馆，还有极度豪华奢侈的酒店，以及大商场、大超市。我已经极度饥饿了，却还在四处逛着。

我其实是想找家中国饭店，吃顿中餐，可暹粒就跟一日本小镇似的，到处是日本料理，怪不得很多人把我当日本人。

找中餐未果，就随便进了一个小排档，看到菜单上有各国

在暹粒的住处，我在这里度过了很漫长的一段时光。

的 fried rice，我要了份 Chinese fried rice，外加一瓶啤酒和一瓶可乐，结账还是捧着钱让人挑，后来一数，一共花了 32000 瑞尔，折合 8 美元，比住宿都贵，往后的日子可得精打细算。

回来后去老板那儿领钥匙，这是个家庭式的旅馆，有个大院子，是饭馆，之前遇到的那个日本人已经吃完饭在那里和人聊天。我已经很累了，向他表示感谢后就回屋躺着了。

这个屋子里有十张床，很干净，感觉不错，准备在这里长住了。

1月15日 初探吴哥王城

午饭：25000瑞尔　晚饭：14000瑞尔　住宿：2美元

（先把500人民币换成296640瑞尔，后又把500人民币换成72美元）

暹粒，这个依靠吴哥窟而兴旺的小城有来自世界各地的朋友，只为一睹吴哥风采。

办理越南签证

今天安排的事很多，最主要的是办越南签证和做这几天的计划。为了防止计划中途夭折，我的想法是走一步准备一步。

早上9点多起床去找书店，想买本攻略看看，好不容易找到一家，卖的居然都是儿童书。寻路而去到了一条为旅客服务的路，随便进去一家问了签证价钱，店员是一个小姑娘，说要39美元，于是去换钱，又顺便问了另一家，要50

美元，果断回到小姑娘那。钱也交了，收据也开了，结果那小姑娘突然满脸歉意地说："签证要 45 美元，你能不能再加 6 美元，不然我会被老板骂的。"

看着她满脸的真诚和歉意，我爽快地答应了，我觉得她应该不会骗我——总比另一家要 50 美元划算。但我后来想到，殷素素临终前告诉过张无忌，漂亮女人的话不要信。

之后拿了本免费的旅游介绍书，钻到肯德基里研究未来几天的游览计划。我点了可乐、薯条和汉堡，这儿的肯德基连套餐都没有，味道也很一般了，貌似肯德基出了中国就没那么有竞争力了。

手里的书信息量远远不够，于是决定回旅店上网查查。回去后竟然停电了，只好躺在院里的吊床上看手机里的小说，一个店员蹭上来聊天，我其实有点儿困了，但聊着聊着居然还聊出了火花，他叫苏。

认识新朋友

苏告诉我，这里张贴的春联和拜着的神仙都是店老板父母从中国来这时带来的传统。

苏又问了我的行程，我说还要去越南，然后回去过春节。我说话很小心，生怕触碰敏感话题。

当聊到西哈努克国王，他显然很有兴趣，他说："西哈努

古庙的僧人

克现在把王位传给了儿子，自己在北京养病，他有时候还传自己的唱片回来，老国王总是很乐观。”这时的苏也有些感慨。

说到国王就顺便提到了泰国，我说：“泰国也有国王，他们也很尊敬他们的国王。”

苏说：“泰国因为他信担任柬埔寨经济顾问这件事，竟然撤销驻柬大使馆并驻兵柬埔寨边境，这是无理取闹、小题大做！柬埔寨现在需要和平发展，需要对话，泰国人不想看到柬埔寨和平，泰国人不好。”

看来两国人民的积怨很深。

我听说下午五点后进吴哥是免费的，时间差不多便骑上车出门。因为骑车机动灵活，所以四处乱窜，很快就迷路了。

这里可以稍作解释。吴哥是柬埔寨吴哥王朝的都城遗址，现存古迹主要包括吴哥王城（大吴哥）和吴哥窟（小吴哥）。我们最为熟知的吴哥窟是吴哥古迹的主要组成部分。

路上看到一处古庙想着进去看看，工作人员告诉我，现在买票不值得，等到五点半就可以免费进去。

我在这座庙里随便走了走，天就黑了，放弃去吴哥，开始往回走，一路上问人，不停地说着谢谢回到了旅馆。

吴哥王城，今日铩羽，明日再战。

1月16日 在吴哥窟的那些日子（一）

午饭：3美元　晚饭：3美元　礼物：10000瑞尔　住宿：2美元

吴哥窟的天空晴朗得有点儿假。

今天按着地图走，见路口就问，终于弄清楚了吴哥窟盘根错节的路线。

到吴哥窟的时候挺激动，但激动的程度没有像《五月盛放》的作者那么严重，可能是因为来之前就已经激动了很久。

我先在吴哥窟逛了逛，此时光线不是很好，便直接朝吴哥王城推进。

中午出来买饭吃，感觉急需买一本关于这里历史的书，不能就这么稀里糊涂地瞎逛。问路边卖旅游书的小孩多少钱一本，他开价20美元，看到我无动于衷的表情后就自己开始往下降，到5美元的时候，不再降了。

吴哥窟

即便是5美元我也舍不得，直接去吃饭了，炒饭3美元——在柬埔寨基本上就靠炒饭维持生命。刚坐下，又一个小孩过来推销东西，他说他12岁。

他说："Sir，do you want postcards？"

"No，thanks."我微笑着拒绝。这孩子不像其他卖东西的孩子，他不紧不慢地讲着，一点儿都不着急。

"It' s beautiful，you see."他说着就把明信片掏了出来。

我说："I won' t buy it，sorry."

他说："just 1 dollar."然后把卡片放我眼前，不断地翻着。

我说："Thank you! it' s beautiful，but it' s useless for me. I' m so sorry."

他依然不紧不慢地说："Are you Japanese？"

我说："No，Chinese."

他说："Hello，nice to meet you，sir."

我说："Nice to meet you."

他说："It' s beautiful and cheap，just for 1dollar，you see？"

我看着那些明信片确实挺好看的，他坚持不懈地推销也确实起到了效果，就问："1 dollar for one or for all？"因为怕被骗，得先问清楚。

他一副很无奈的样子说："OK，for all."

我说："OK，I' ll buy it."心想买了作纪念也挺好的，还能给朋友寄几张。

巴戎寺 照片远远无法展现它的震撼。

可他并不着急收钱，而是接着问：“Do you want these ? ”

我一看，是一串手链。小家伙说：“These for your girlfriend.”

我一听乐了，我女朋友我还没惦记，你倒帮我操心上了。于是说：“How much for these all，I only have Riel now.”

他说：“ten thousand.”

我想也没想就拿出钱来，他接过钱就乐了，说：“Enjoy your lunch，sir.”然后迅速地跑掉了，边跑边回头，有种胜利的感觉。我也被他逗得很愉快。

之后去了巴戎寺，在吴哥城里，傍晚去看巴肯的日落，人很多。路上遇到了很多坐班车过去的中国人，说话声回荡在林间，既亲切又刺耳。

我特别钟意吴哥窟的护城河，它有 190 米宽，如湖面般平静开阔，河水围绕着一圈郁郁葱葱的树木，树木则围绕着一圈寺庙的围墙。之前听过形容某些地方如何如何壮观，非去不可云云，可去了也不过如此。但是这护城河不同，绝对值得一去。

1月17日 在吴哥窟的那些日子（二）

早饭：3美元　午饭：2.5美元　晚饭：2美元　备餐：2美元　书：15000瑞尔　住宿：2美元

吴哥窟的雄伟壮丽超出了我的想象。

无论一个多么愤世嫉俗的人，到了吴哥窟都会伸长脖子张大嘴，至少你会酝酿一下，定定神，再讲出那些不屑。

我曾想，假如我是那位发现吴哥窟的探险家，我会是怎样的反应？穿过茂密的树林，走过泥泞的土地，逃过野兽的追击，豁然间看到壮美的护城河和威严的佛塔，我会怀疑这些是否是外星人的杰作，因为渺小的人类断然无法打造出如此精美而庞大的建筑。

我的世界观或为之改变，我慢慢地理解到这种力量来自于信仰，来自于人类灵魂最深处的敬

吴哥最著名的树根

吴哥日出

畏。而这些终敌不过自然和岁月的侵蚀，渐渐归于平淡。不过岁月的长河从这里穿梭而过，从未停歇。

而在那段修建寺庙的岁月里，柬埔寨的 GDP 一定增长得很快。

关于吴哥窟，中国的古籍中早有记载，称之为“桑香佛舍”。早在元朝的时候，周达观申请公费旅游来到吴哥窟所在地考察，回去后写成了《真腊风土记》，这本书记录了周达观在柬埔寨（古称真腊）所看到的一切，建筑、语言、生活习俗等。这本书完成于 1300 年前后，有时间的话可以去翻翻。

1564 年葡萄牙传教士发现了吴哥窟遗址，但没有引起人注意。又过了近 300 年，1858 年，法国传教士发现此地后发表游记，很快引起轰动，越来越多的人来到吴哥窟，探访这个神秘的东方圣地，但同时也吸引了越来越多的“盗寺者”，他们绝对是考古学家的敌人。在历史上，吴哥窟与中国万里长城、印度的泰姬陵和印度尼西亚的婆罗浮屠寺一起，被誉为古代东方的四大奇迹。

直到现在，吴哥窟还活在历史里。

早上定的闹钟是 5 点半，挣扎起来已经 6 点了，还好没误了吴哥的日出，那么美丽！之后回城里吃炒面，图个便宜，后再折回。折回时走的小路，十分幽静。

今天走了很多地方，这里是庙，那里也是，一下暴走了六座，刚开始感觉风格不同，形态各异，再看下去，就感觉几乎都一样了……不知不觉就到了下午。

午饭是早饭时准备好的热狗，逛完塔布隆寺出去的时候准备消灭掉，正吃着遇到一个小姑娘站在城门中间，吃力地高举着手中的一大瓶水。恰好我吃得口渴，就买了瓶，也因为很喜欢这个小姑娘，虽然价钱有点高，要1美元。

附近还有很多卖东西的小孩，他们会耐心地跟着你走段路，嘴里多是喊着“1 dollar”，很久之后我耳边还萦绕着“1 dollar”的声音。这些小孩都很有礼貌，并且锲而不舍，让我不好意思不买，他们的英语也是足够的好。

晚上准备去荣寺看日落，顺便逛逛市场，没想到看错地图，赶到的话就得天黑了，于是直接去了市场。半美元一杯的啤酒很爽，酒吧电视里是Espn台的And 1，这以前只能从网上下载，现在竟然可以看直播了，真是别有一番滋味在心头。上次有这种感觉，还是在曼谷的旅店里。

另一大收获是买了四个热狗，这样明天午饭、晚饭都有了，还是半美元一个，省钱为主。

1月18日
在吴哥窟的那些日子（三）

饮料：2.5美元　备餐：1美元　住宿：2美元

这里已经只剩下风吹过的声音。

太累了实在起不来，就改变原计划去了罗洛士遗址群（Roluos Group），罗洛士群是坐落在暹粒城东面的一片寺落，最有名的是巴空寺。

一路问人都说往前走，等到了罗洛士镇，再问人却是走过了。

好想念路上的甘蔗汁，一连喝了4杯，不敢再要了，怕把老板娘吓到。她已经很惊讶了，说没见过我这么能喝的。我估计这东西本国人嫌贵，外国人嫌不卫生，对我来说刀山火海都过来了，还怕这个？

游览完巴空寺，决定在附近的几个小庙逛逛，然后再次迷路了。顺着1米宽的小土路四处穿梭，不断问人，终于找到了瑞孟提寺（Prei Monti），却看不到进寺的路，凉棚里的大婶还是不断地说往那个没有路的方向去，我不知所措地站在那，于是大婶让她旁边的一个小孩带我去。

穿过荒草又穿过树林，走了大概 15 分钟，终于看到一片类似枯冢的地方，小孩也很听话，很配合地让我拍照。出来的时候我意识到的事情发生了，他说 1 美元，我说没有美元，也没有零钱，于是给了他一张 5000 瑞尔，他双手合掌爽快地接过钱，跑过去和自己的妹妹分享——终于看到他的笑脸了，之前他无论如何是不肯笑一下的。

我继续找其他的旧庙，我执着地以为 LP 上标着就一定能找到。

一群西方人开着很大的四轮卡丁车耀武扬威地从我身边过去，扬起的尘土让我很是厌恶。

终于在穿过一个路口的时候，路口附近的年轻人朝垂直的方向指了指，我意识到庙就在附近了。

我略有疑惑地朝那个方向走去，毕竟不知道具体位置，还是在这荒野间。那个大男孩看到了我的表情，上来要带路，我赶紧微笑着说："谢谢，不用了。"你这一带路就又是一刀啊，刀刀见血。

大男孩示意了一下前方右拐，就回去了，我心稍安。待拐过去之后，一群小孩围了上来，指路这生意还分地盘呀！他们跟着我的车跑，我这没带糖没带铅笔的，更不舍得给钱，咋办？

果然不远处就是遗址，只有几根柱子，其他什么都没有

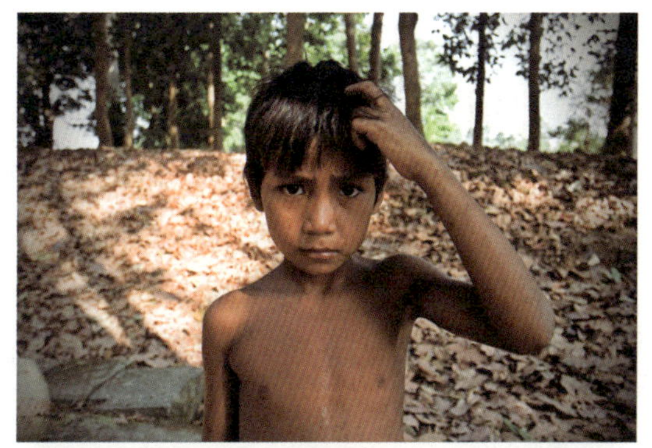

上图：带我去瑞孟提寺的男孩，他很听话地让我拍照，只是不爱笑。
下图：另一个地盘的孩子们。

了，根本想象不到当时的辉煌，只能看到现在的凄凉。

那群小孩子围在一起不肯走，于是我说："我给你们拍张照片吧。"就这样把他们糊弄过去了，我发现自己挺没劲的。

之后我朝科荣寺赶去，这段路相当颠簸。

去科荣寺的路上总遇见几个坐着拖拉机的和尚，他们用扩音喇叭念着佛经，像我们的"三下乡"活动。路上匆匆赶路的柬埔寨人见到他们都会停下，摘帽行礼。我看那年轻和尚的眼神有点目空一切的感觉，老和尚们倒是很和善。

老挝和泰国一样，寺庙除了担负教育的职责，还是失业者和无依无靠的人的庇护所，无家可归的人可以在这里讨到食物，他们也可以很容易地脱掉袈裟还俗。

科荣寺在一座小山上，为了避开枝叶的遮挡便于取景，我下到了半山腰，中途有碎石脚一虚差点滚下去，这要滚下去，就直接到洞里萨湖喂鱼了，这里风景不错，我 45 度角仰望天空，思考了一会儿人生。

晚上回去路过了夜市和大超市，却没有找到想买的东西，那些东西都是给游客准备的，我只是想买条新内裤，还要多备几双袜子。

我发现自己这几天很忙地东奔西跑却天天吃不饱。而且计划要改了，因为没有太多的时间，我得赶回去过年。

我不知道自己瘦了多少斤，但是小肚子已经没有了。临睡前我再次暗下决心：明天，一定要早起。

1月19日 在吴哥窟的那些日子（四）

喝酒：32000 瑞尔　住宿：2 美元

一不小心闯入彩虹天堂。

应该开一班夜间的旅游车，深夜把游客随便拉到一座庙里，然后第二天清晨，就剩司机一个人开着车回去了——夜间经过一座颓落却崔嵬的寺庙，甚是吓人，遂有以上念头。

早上毅然早起看日出，等了一上午，太阳始终被乌云遮盖，我起一大早太阳却羞涩了，没有在对的时间相遇。之后从圣剑寺开始逛，一直到高布斯滨，回去的时候已经晚上九点。今天又骑了将近 70 公里，出门的时候酷热难当，回来的时候伸手不见五指。

因为是淡季，高布斯滨人很少，水也很少，但单是那条进去的路就足以让人难忘了，完全能

护城河的早晨

够满足我探险的小欲望。很多时候，我都不确信前面是否真的有路，更别说该往哪里走了。我总是等有人出现了，才确定我没有偏离路途太远。不过这不是今天的重点。

从高布斯滨回来的时候已经五点半了，在保安的陪同下参观了美丽的女王宫，正当精致的宫殿雕刻让我流连忘返之时，保安就把我赶出去了。这也不是今天的重点。

我走出女王宫时买了瓶罐装水——2000 瑞尔。老板手指从我头顶划过，重点在这里，我转身抬头看，一道彩虹跨过天际！我顿时凌乱了。

长这么大我第一次见到这么完整的彩虹，我都有点失控了，把自行车往地上一扔，手忙脚乱地拿起相机，这个……相机怎么用来着……

从未见过如此壮丽的彩虹。

遗憾的是，彩虹很快就没有了，美丽都是短暂的。

回去的时候，夜黑得让人害怕，我就在那儿想象，万一遇见坏人怎么办？我是骑车撞上去还是用手肘干净利索地捅上去——啊！——是我失声叫的，我撞到了一个路人。

我感觉车子的前后轮都跳了起来，惊出了一身冷汗。还好，是个壮年女子，我不断地问：“Are you ok ？”她对我笑了笑，然后对着远处的亲人不断地说着些什么，像是在汇报这里的情况。她听不懂我说话，对我笑了笑就往前走了。

此后我一直后怕，于是骑得很慢很慢，看不清楚路我就停下来。

骑了一会儿，一辆大卡车超过我后，慢慢地停在了我前方，司机问我要不要搭车，这份热心让我很感动，我说不用，谢谢，他给我指完路就走了。

想想这两件事，还好是发生在柬埔寨。

回来和Shoulder聊天，就是之前给我旅店地址的日本人，他与我同屋，他在柬埔寨支教。我说我要提前走，得赶回去过春节，而且春节那天是情人节。Shoulder听到情人节很感兴趣，并提到日本不仅有情人节，还有白色情人节。

聊天后得知，中国的情人节多是男生送女生巧克力，搞不定再加束花，白色情人节玩的人还少；而在日本，情人节的时候是女生送男生巧克力，若中意的话，白色情人节男生要回送礼物。

昨天逛着逛着，突然想到了城下会不会关着墨菲斯托；今天去高布斯宾，又有种迷失的感觉，仿佛这里是会忽然消失的小岛……

1月20日 在吴哥窟的那些日子（五）

吃饭：16美元 住宿：2美元

想出发的时候就出发吧，温柔的坚持和微笑的倔强比一时冲动更重要，少年最终都会死去。

刚到这里的几天过于兴奋，连续几天连着赶了很多庙，小累。早上起床只觉得筋骨松散，其实每次起床都要把散落的骨头收集起来。

天有些阴，不知道会不会下雨，LP上的地图不太准确，我怀着忐忑的心情出发了。

路过查票站，我指了指地图上要去的地方——Western baray，姑娘说："你要只去这里玩的话，就不用在票上打孔了，去这里不查票。"

我顺着LP上的路去找，下雨了我就躲躲，中途把LP落在了避雨的地方，还折返了一次。

到机场时没有了往西的路，直接往南拐了，

走了一段我再一左拐，你猜怎么着，竟然回到了旅店！我看天实在阴得厉害，也懒得再出去了。

Shoulder 见我回来得这么早，问我想不想和他一起去学校，我说当然想。准备 5 点出发，然后和苏一起去喝酒。

苏有一点点胖，看起来很老实，每天很辛苦地骑着自己的摩托车到处拉客，他的眼睛里充满了焦灼和对未来的不确定。

结果雨一直下到 6 点才停，于是直接去喝酒了。

我们在一家酒吧喝得有点上头，瞎聊，不过都极为正经。

Shoulder 说："这里服务员都很漂亮啊。"

苏说："在柬埔寨，女孩过了 20 就没人要了，女孩越年轻越好。"

我说："在中国也有这个趋势，不过没这么严重。"

Shoulder 说："我喜欢韩国 girl，韩国姑娘很漂亮。"

我说："我呢，比较喜欢日本的。"

Shoulder 大笑，说："我知道你说的什么。"

聊着聊着苏说他喜欢一个女孩一直不敢表白，这女孩在一家酒吧做服务生。没想到 Shoulder 太八卦，撺掇我们换到那个女孩在的酒吧继续喝。

喝着喝着就喝出了感情，我们鼓励苏去表白，苏很难为情地说："不敢去表白，没钱……"

Shoulder 说："你英语好，当个导游就很好。"

苏说："这个得交钱啊，一些华人把持着政府部门，买个

我，Shoulder，苏和苏暗恋的姑娘。

导游证要送很多钱，送不起。”

Shoulder 一脸茫然，苏看着我，意思是你作为中国人有必要对 Shoulder 解释一下。我啥也没说。

Shoulder 说：“你让那个女孩过来倒酒，至少让我们看一看呗。”

女孩过来后，我们又起哄又拍照的，弄得人家有点儿假生气。

大家都喝得不少了，苏跑到厕所一直不出来；Shoulder 看上了店里印有 Heineken 标志的起子，从 1 美元一直往上加价，人家说不卖，卖也得问老板；我觉得酒喝得不少但没吃饱，不断地感叹这日本人真有劲，就一破起子……

然后我们就晕晕乎乎地回去了，喝了那么多，能记这么多已经不错了，这是多么正经的一天呐！

在吴哥窟的那些日子（六）

1月21日

午饭：25000瑞尔　晚饭：9000瑞尔　鞋袜：7000瑞尔　住宿：2美元

我忽然觉得自己是一枚会动的棋子，在柬埔寨这个平坦的棋盘里横冲直撞。

我依然执着地寻找Western baray，今天选择从巴戎寺西门走，一直走到没路，因为刚下过雨，土路上全是泥水，又生生地折了回来。直接奔到城里买袜子和拖鞋。

今天依然阴天，昨天去学校的计划推到了今天，和Shoulder约好在5点之前回去。

逛了好多地方，都没有买到袜子。这时才醒悟，这个地方没有人穿袜子啊，基本都穿双光板拖鞋！

于是先买了双1美元的拖鞋，又试着问了句

有袜子没？老板娘愣了一下，然后开始不断地翻，终于翻出了几双袜子，看着很眼熟，果然是中国产的山寨版耐克——要 1 美元。

这一双袜子怎么和一双鞋的价钱一样了，我从感情上接受不了，还了半天价，最后 3000 瑞尔成交，顿时感受到什么叫奇货可居！

傍晚去了 Shoulder 支教的学校，其实叫作孤儿院更恰当。有几十个小孩，男孩女孩轮流上课，主要学英语和电脑。他们的父母有些死于战争，有些死于战争后未及时清理的地雷。

他们在这里生活得很快乐，可他们的将来呢？或许不必过于担心，学好英语就会有一个美好的将来。

这家孤儿院是我住的旅店的老板捐助的，这让我很意外，学校离旅店不远，店里很多工作人员常常来这里做些力所能及的事情，他们也会把旅客介绍到这里来看孩子们，带些吃的玩的，至少拍些照片唤醒更多人的爱心。

其实令我感叹的不是这里成群的孤儿，柬埔寨的苦难深重我已经有所了解，我感叹的是默默做着这些事的人们。

1月22日

在吴哥窟的那些日子（七）

饮料：2.5 美元　吃饭：4.5 美元　车票：5.25 美元　住宿：2 美元

真正的承诺是不用说出来的。

快要离开这里了，今天主要重游了一下吴哥窟。早上起床又磨蹭了半天，看完 Espn 的湖人对骑士的比赛才出发。关于篮球，Shoulder 对姚明还有所耳闻，但他讲到棒球，我就一片茫然了。

想着是最后一天了，心里不免空荡荡又失落落的。穿着新买的凉拖，有点儿磨脚。

在吴哥城里，每天都有不同的发现，觉得自己像走在画里。晚上欣赏了心慕已久的护城河日落。

自己喜欢的内容基本都拍到了，遗憾的是没

护城河日落

有拍到吴哥窟的圆月——城墙当前景，圆月在上，旁边飘着几片云，云旁有只鸟飞过。

主要是自己没长焦镜头，晚上吴哥窟也不让进，关键这几天月亮是弯的，理想和现实总有些差距。

晚上和米洪聊了会儿，她是这儿的服务员，非常漂亮的日本女孩，我住进来的时候她帮老板收的钱，所以不是我主动搭讪的。她跟你说话时总是很真诚地看着你的眼睛，她的笑容很迷人，穿着相当精致，谦恭得有些过分，服务非常周到。她总会在有客人的餐桌附近点上一盘蚊香，如果客人已坐下，她会跑着去做这件事，这是我印象最深的一点。

米洪告诉我，她也是孤儿，来这里一年了，专门帮助那些孩子。她说她也想到处旅游，想做很多事，可是人这一生只能做好一件事，所以她选择了帮助孩子们。她在旅店里有一份工作，织布厂还有一份工作。聊着天我觉得自己好像成了记者，仿佛在做《感动中国》的节目。

我问她这样的生活有意思吗？她说她每天都充满 energy，帮助别人很快乐。我问她这么好的年龄，没有男朋友吗？她说她从没打算过结婚，目前不想这些事情。真正的承诺是不用说出来的。

我又感叹了，感叹如此简单善良又充满热情的天使般的女孩。原来真的有人是这样活着的……

1月23日 与日本朋友的聊天

晚饭：6美元　住宿：4美元

路线：暹粒——金边（坐车）

谁说喜欢看日出日落的人都寂寞得要命？

早上去看日出，因为雾气太大，什么都没看到，然后一直等在护城河边，却不知道在等什么。

之后挨着饿，取护照，寄明信片，和Shoulder（下文对话中简称S）一起坐车去金边。

在车上，比较无聊，有一搭没一搭地聊了很多，当然会聊到漫画。

我问："七龙珠，你知道吧？"

S说："知道，我很喜欢。"快睡着的他忽然兴奋了。

我问："圣斗士呢？"

吴哥窟，再见……

S说：“我家里有全套的！”

我说：“多啦A梦？”

S说：“当然。”

我说：“我们这一代人都是看着日本漫画长大的。”

S说：“是哦，日本的漫画很出名。”

我说：“日本的AV也挺出名的。”

S笑了，说：“是的，特别是在中国和韩国，可是在中国能买到吗？”

我说：“当然不能，不过能下载到。”

S说：“这样。”

我说：“其实，我们也是看着 AV 长大的。”

S 说：“哈哈，一样一样！”

我说：“多啦 A 梦的结局是说机器猫只是一场梦是吗？”

S 说：“有人这么说，但是还没有大结局呢。最近出了电影版，你看过吗？我看的时候都哭了，很感人，建议你看看。”

我说：“没有，动漫很久都不看了。”

S 说：“那你一定要看看。”

聊了半天，他有点困了，我就坐到另一个窗边看风景：小时候，日本漫画教我们做人；长大之后，日本 AV 教我们做爱。情何以堪……

到了金边，很混乱，很嘈杂，完全没有首都的样子。我们一起去找住宿的地方，我推着车，S 拉着箱子，他问我：“远吗？”我说：“不远，地图上显示走 2 公里就到。”他走了不到 100 米说：“太远了，我们为什么不打车？”我说：“好吧。”

于是 3 美元坐车到了一家 8 美元一晚的 guesthouse，每个人 4 刀，还可以承受。

店老板看我们的眼神很暧昧，我跟老板解释了很久，说我们不是那种关系，只是普通朋友。老板明白后问：“那你们需要女人吗？我可以帮忙联系。”

这个老板很会做生意。

安顿好了后，出去吃了点全是骨头的炒鸡肉，米饭免费。

回去的路上路过超市，S有逛超市的癖好，于是一不小心买了6罐啤酒，到屋里又开始海阔天空地聊了起来。

S问："你是第一次骑车旅行吗，为什么选择东南亚？"

我说："不是，以前去过很多地方，因为这里离我们国家很近，可是我们却不太了解，所以决定到这里来看看。"

S很担忧地问："那中国人是怎么看日本的呢？"

我说："这个比较复杂，不同人有不同的想法。政府要考虑到经济发展的问题，所以近些年对日本的政策以和平为主。但是民间对日本还是比较气愤的，我们认为日本人不考虑中国人的感受，不反省自己的行为，这涉及中日之间的那场战争，你们是怎么看那场战争的？"

S皱着眉头说："我上高中的时候，我们学过历史，知道我们曾经发动过战争，我的老师也告诉我们，这是错误的，我们永远不要再犯那样的错误。"

在他说着的同时，我写下了"靖国"两个字，我说："你认识这两个字吧？"

S说："当然。"

我说："这是中日关系的一个焦点所在。"

S说："可以理解，我们历史书上虽然讲这场战争是错误的，但是提到这个地方不是很多，因为这里供奉着很多战争中的军人。"

我说："是的，我了解。"

S说："我也不明白，很多人认为这场战争是错误的，但很多人仍然支持参拜这个地方，特别是我们的首相，我不明白这是为什么。"

我说："可能是因为某种需要，还有一些日本人没有充分认识到战争的错误性。"

S说："之所以是错误的，是因为日本也死了很多人。"

……

慢慢地有点儿喝多了，不知怎么的又聊到了AV上。

我努力地写下了一个女优的名字，因为我实在是记不起曾经看过的女优叫什么名字。

写完"武藤兰"三个大字后我自己都感慨了，多少年前的人了，太跟不上潮流。

但S居然指着这个名字说："不认识啊。"

我说："不会吧，你竟然不认识。这个女优在我们那儿无人不知无人不晓啊。"其实后面这句话可以翻译成："为人不识武藤兰，纵使英雄也枉然。"

S说："真的不知道啊。最新的吗？我离开日本已经一年了，好久没接触过了。"

我说："不是啊，是很多很多年前的了。"

我又写下了"苍井空"。他说："这个知道，很出名的。"

我又写了一个，他又说不知道。我说："那你写吧，写出来看我认识不？"

他写了两个，第一个是“吉泽明步”，第二个是“夏目ナナ”。我说：“第一个看着眼熟，可我想不起来长什么样子，第二个就没印象了。”

S一下子兴奋了起来，说：“你知道吗？第一位，我愿意出500美元和她做爱，这是一位相当迷人的女孩，第二位也非常可爱，非常漂亮。我离开日本一年了，已经迫不及待地想回去看看她们有什么新作品。”

我说：“你回去就能买到，像买书一样，是吗。”

S说：“是的，你们中国不行吗？”

我说：“这些在中国都是非法的，买都买不到，更别说这个行业了。我们多是从网上下载的。”

S说：“那太可惜了。”

我说：“所以，在日本妓女也是合法的吗？”

S说：“当然了，你付给她们钱，就可以享受性爱，这是很正常的。中国能吗？”

我说：“当然不能，那也是非法的，要被抓起来。”

S说：“不敢相信！那你们在成长过程中……”他很疑惑。

我说：“虽然是非法的，但还是有很多妓女，只不过都是地下的，要冒一定的风险。”

S说：“我推荐你以后到日本去尝试一下，很棒的。”

我说：“晚了，我有女朋友了，日本不也一样吗？难道你有女朋友还去找妓女？”

S 说："那倒不会。不过我们一般和女友一起看 AV，和朋友们分享。"

S 又说："日本有一本漫画，讲一个女孩和一个男孩如何恋爱，如何处理生活中的事情，甚至如何做爱，所有细节都编成了故事，很有趣。在中国有吗？"

我说："中国漫画都很少，更别说那种内容的了，呵呵。"

S 说："我快一年没回日本了，回去一定要好好补补没有看到的漫画和新出的 AV。知道我为什么这么胖吗？上大学的时候每天都一边喝啤酒一边看 AV，哈哈！"

聊聊天就会有一些想法出来。一个人选择做什么，只要不影响别人的利益，没有什么高尚不高尚，低俗不低俗的，这是一种自由。如果非要以贴标签的方式和符号化的手段来贬低或者抬高某些人，那一定是别有用心。

1月24日 红色高棉杀人魔窟

门票：8美元　车票：12美元+5美元　吃饭：12.5美元　摩托车：9美元　住宿：4美元

历史是灰色的。

在暹粒的时候Shoulder等了我一天，所以我答应他在金边放弃单车，和他一起坐摩托去逛。

早上买去越南胡志明市的车票，被摩托车司机带来带去，售票点不是讲带单车加15美元，就是说实在不能运，可能会收税。到第三个地方我终于忍不住了，我对Shoulder说："怎么运一辆单车这么贵，里面肯定有回扣，被摩托车司机带着永远找不到便宜的地方。"我在附近随便找了个地方，结果车票12美元，单车5美元，搞定！于是开始不喜欢这个只想着吃回扣的司机。

中午饭的时候，我们吃饭，司机在外面等

S21 监狱博物馆　把学校变成监狱，再围上铁丝网，然后给铁丝网通上电。人类在互相残杀的时候，总能将智慧发挥到极致。

着。Shoulder 把他叫了进来，说我帮你付钱我们一起吃吧。我不禁感到惭愧，人皆为利，怎能总以利害而定人之好恶？

吃饭的时候跟司机聊天，司机 31 了，却没有结婚，我问他为什么，他说了句比平时流畅并标准很多的英语："No money，No honey。"一针见血！

今天去了 S21 监狱博物馆、杀人场（killing filed）、国家博物馆等地，心情有些许的沉重。晚上为了把剩下的瑞尔花完，或者说为了给喝酒找个借口，去超市买了一大堆零食和酒，压抑了一天，无处抒发，大醉睡觉。

波尔布特本是位和蔼可亲的同志，曾留学法国，学识渊

杀人场外乞讨的孩子们。

博，爱弄花草，富有感染力和人格魅力，受到广大人民群众的热爱。波尔布特在 1965 年 11 月到中国“拜码头”，一直逗留到次年 2 月回国，之后又多次前来取经。但波尔布特领导的红色高棉有两个特点，一曰杀的都是自己人，二曰杀的都是被冤枉的人。

1975 年 4 月 17 日，红色高棉部队进入金边，拥有 200 万人口的金边几乎在一夜之间变成了空城，不肯走的人立即被枪杀。曾经号称“东方巴黎”的金边，变成了死城。

柬埔寨在波尔布特执政的短短 3 年 8 个月时间里，人口骤减三分之一（《国际统计年鉴》1995 年版），这一切就是为了实现绝对的无产阶级专政，要在经济基础和文明基础都相当落后的柬埔寨实行无阶级差别、无城乡差别、无货币、无商品交易的共产主义。

那一刻，斯大林灵魂附体！

今天参观，脑海里一直浮现两行诗：人血不是水，滔滔流成河。

越南

Vietnam

越南，
我的最后一站。
这里有迷人的大海，
还有白衣飘飘的美丽姑娘。

1月25日 到达西贡

吃饭：12000 盾　上网：15000 盾　住宿：5 美元

出租车：1.5 美元（500 元钱换了 1275000 盾，汇率是 1 ：2550）

旅行不是看电影，看了一遍不过瘾还能再看一遍，很多地方去过一次后，可能一辈子都没有机会再去了。

今天坐车去越南，一定要记住这个长途客车公司的名字 Mekong Express。车上的工作人员是一个穿着漂亮浅蓝色制服的小姑娘，她一直微笑着帮忙，温柔地提醒旅客，服务非常好，她还热情地帮助一车旅客顺利通过了本是很麻烦的越柬边境，直接把我们送到了范五老街。范五老街位于胡志明市，得名于越南民族英雄范五老。这条街聚集了很多旅店、餐厅、咖啡店和廉价商店。

下车后我问人："请问范五老街怎么走？"

路人疑惑地看着我说：“就是这里呀！”这就是我在越南问的第一个问题。

一路上体会着老挝的贫穷，泰国的慵懒，柬埔寨的沉重，又把思绪带到了越南。

第一站是西贡，1975 年北越共军解放南越后，改名胡志明市，但很多人还是把它称作西贡，因为他们觉得那不叫作“解放”。诗人把城市投射在他们心中的影子描绘出来，就是这座城市的气质，而关于西贡已不必再用太多语言去描绘。

到了西贡，我直接被这里的摩托车吓到了，在一个路口等了十几分钟都没法拐弯，因为没有间隙，全都是摩托车流。胡志明市区虽然在地图上看着很大，但我骑着单车转了个圈，没多远就绕回来了。

晚上和 Shoulder 在一起吃饭的时候，他看着满街的摩托车，满脸愁容地问我：“中国也这样吗？”我微微一笑慢慢说道：“不必担心，中国很多大城市是禁摩的。”

这显然超越了他的理解极限，我说：“不能理解就对了。”

我解释道：“现在中国很多城市倒还可以骑电动车。”

Shoulder 说：“在日本，骑摩托的很少，当然不是禁止，但大家都开车，到处都是非常非常干净的。”

我说：“我能了解。”

忽然，我不想再说下去了，慢慢地喝酒。

西贡的摩托大军

我对西贡的第一印象是有些被过度开发，河边很多工厂和作业机器，有点像缩小版的曼谷。如 LP 书上所介绍的：第一眼看上去有杂乱无章的感觉。也许这就是它改名叫胡志明市的代价吧。

在越南，共存着印度教、伊斯兰教、天主教、基督教、道教、儒教、佛教等，佛教又分大乘和小乘，也即越南的北宗和南宗。

还有一部分越南人信仰另一种宗教，称高台教，该教创建于 1926 年，主张万教大同，诸神共处。信奉的神有：释迦牟尼、老子、孔子、耶稣以及李白、关公、姜太公、牛顿、雨果、莎士比亚、孙中山，等等，现在应该有比尔·盖茨、扎克伯格等新一代神仙。

它成立后对越南的宗教和政治生活影响很大，在反对法国殖民者和美国及其傀儡的斗争中，高台教徒曾组织政党，参加议会竞选。

据考证，高台教教徒经过近几年的不懈努力，终于把教义传到了中国，于是“信春哥，得永生”的说法在中国民间广为流传。

1月26日

统一宫和战争犯罪博物馆

上网：10000盾　早饭：36000盾　住宿：5美元

午饭：23000盾　晚饭：28000盾

为自由所付出的代价超越了一切。

早上吃的是十分小资的早餐，必然有咖啡，还要手动过滤，再加上特别好吃的包子……

我的胡子已经很长了，自己牙齿都能咬到。

绕着西贡转了一大圈，主要去了统一宫和战争犯罪博物馆，瞧这社会主义名字起的。战争犯罪博物馆，原名“美军罪恶博物馆”，越美建交后才改了名字。博物馆内所使用的解说文字包括越文、英文和中文，所有展品赤裸裸地呈现着美军曾经的暴行，惨不忍睹。但据说，馆内描述美军暴行的大多数图片居然是美国提供的。

回去时在Shoulder的坚持下逛了逛很大的小

发展中的胡志明市

百货商场，卖什么的都有。Shoulder总是很热情地与人微笑搭讪，那些卖小百货的姑娘们会讲英语、日语、韩语、泰语，等等，凡所应会，无所不会。

我对未来的行程倒有些茫然，时间来不及，不能悠然地骑回去了，但坐车带单车要多买一个人的票，怎么办？找了好久，连人带车到会安最便宜的是30美元，也只能接受了，这笔运送的路费顶得上我重新买一辆二手单车的钱。但我实在想要骑行被《国家地理》杂志称为人生必去的50个地方之一的那段传说中的路。

到了夜里，西贡的生活才刚刚开始，路边都是漂亮姑娘，我没法给她们拍照，因为她们一直拉着我不放……

1月27日 散落在西贡的庙宇

上网：5000盾　午饭：21000盾　晚饭：90000盾　门票：15000盾　修车：30000盾　住宿：5美元

隐秘中的处之泰然。

早上起床后我推着单车缓慢前进，胡志明市的摩托简直……好吧，我很啰唆。到了莲花公园，看了会儿民俗表演，很带劲。本以为觉园寺和公园是相通的，找了半天也没找到，出了公园，忽然在路边看到觉园寺三个字，拐了进去。一路民居小巷，狗叫娃闹，走到丁字路口，在路边闲聊的阿姨们往右一指，她们好像知道我要去往哪里，我便心领神会地拐了过去，东拐西绕之后，终于找到这座有着近300年历史的古香古色的寺庙。

寺庙里十分安静，敲钟的尼姑朝我点点头，

觉园寺

为我打开了灯。27岁的沈国海为我讲解着这座庙的历史。沈国海是华人，他管理着这座庙，这座庙当年也是华人建造的，但现在已经没有人会写汉字了。这座庙很像一座庙，你来则来，我处之泰然；你不来便不来，我已恍然300年。

逛完这座庙，我对其他的几座寺庙也产生了兴趣，结果一兴奋，脚蹬子掉了。我实在不想再为这个车子浪费时间，赶紧找到了一家单车配件铺。

结果一个小时过去了，还没换好，忙乱之中脚蹬子的中轴错位了，拧不下来，老板胳膊伤了，拧不动，我抡胳膊上阵，最后我和老板两人合力搞定了。此时已经4点，跟Shoulder约了5点喝酒，我们明天就分手了。日本人不喜欢迟到，我赶紧往回走，结果迷路，5点半才到，Shoulder已经在旅馆等着，电视里放着Lady Gaga的《Just dance》。

吃饭前我得先取钱，跑遍了范五老街都取不到，卡放进去就吐出来了，屏幕上显示失败，我只能明天去中国银行咨询，我很难为情地张嘴向S借钱，但是他没银行卡，这意味着我没法还他钱。

S说："因为我父母欠一大笔钱，我如果有银行卡的话，卡里的钱会被用去还钱。所以我都用现金，我上学自己带着钱去交，出来旅游也带着现金。"

S又说："你是我的朋友，我当然相信你，你如果明天就能还，当然可以。但如果你说10天之后打到我朋友的卡上，就不可以了，我无法用我朋友的银行卡，这是很私人的东西，我不想与我的朋友发生金钱的纠纷。我父母就是因为债务问题而离婚，我把你当朋友，我不想和你谈钱的问题。"

S接着说："我父亲告诉我，不要向朋友借钱，甚至不要谈到钱。本来我还想问你接下来的行程，中国的情况，等等。可我们再说钱，我没法不保持沉默，因为我知道你在担心明天取不到钱，我也很为你担心，你没有心思听其他的，所以我也保持沉默。"

这个日本人的思维很有意思，最终他也没有借给我钱。如果明天取不到钱，就只能去大使馆求助了。

1月28日

改革开放中的胡志明市

上网：10000 盾　早饭：36000 盾　午饭：23000 盾　晚饭：28000 盾　车费：约 30 美元

影子是时光的留痕。

我对西贡的大部分感觉，还停留在那部叫作《情人》的电影中，滚滚的湄公河水承载了一船的欲望，驶向彼岸。男主角梁家辉初遇女主角说的第一句话是："你抽烟不？"女主角珍·玛奇在船边看风景，她那扬起的嘴角和迷离的眼神给我留下了极深的印象。当梁家辉搭讪数次几乎丧失信心准备放弃之时，女主角问他："你是谁？"在随后回去的车上就摸到了大腿，这段可谓是野蛮小清新的始祖。

这部以西贡为背景的电影，讲述了一个关于情欲的童话，其拍摄手法也极为令人称道，很少有再比它更寂寞的电影了。那时的女主角珍·玛奇，放在现在也能秒杀一片。

我觉得自己要被这个城市湮没了，这是这一路上从未有过的感觉。

早上 7 点直奔中国银行，在同一座大楼里，一楼是另一家银行，外面有个取款机，我就先试了试。结果卡又出来了，正当失望之际，却发现屏幕上并不是个大叉，而是让我输入密码，我就输呗，结果提示让输入取款金额，直到钱出来我还没反应过来，这卡还在我手上，钱从哪里出来的啊？一看这家银行叫作“City Bank”，越南的城市银行很先进啊！

回去之后 Shoulder 已经醒了，他满脸担忧地看着我，直到我说我取到钱了，他才露出轻松的笑容。我说那个“City Bank”很好，救了我一命。Shoulder 说那个银行日本也有。我心想怎么越南银行都跑到日本了，一琢磨才明白是 Citi Bank，花旗银行。

中午 12 点的时候，Shoulder 定的到机场的出租车来接他，他对我用中文讲“再见”，我对他用日语讲“沙由那拉”。

把他送走后我就乱逛，等着晚上 8 点去会安的车。上了会儿网，去了玉佛寺，拜的武圣关公，寺庙是广东会馆建的。

这个地方给我带来的乐趣多是它留在历史里的韵味。

华人先民自唐朝就开始有人迁居东南亚，13 世纪起迁居越南者日众。无论在婚俗还是家族传承上，都沿袭中国的风俗，

胡志明市街景

姓是由父传子，因此至今还有上百个和中国汉人相同的姓氏。除了地形，越南在很多方面都和中国很像。越南是个多民族国家，有近 50 个民族，其中越人占了 90% 以上。婚后从夫居，婚礼中，有女儿辞双亲的仪式，即所谓“哭嫁”。这种风俗跟国内很多地方是一样的。

1月29日 越南最迷人的大海——芽庄

晚饭：15000盾　买书：30000盾

被拒绝只因给的筹码不够。

越南的 open tour（开放式旅行）可以推荐。这种旅游方式是买一张到某个目的地的票，可选择在途中的一个城市下车，玩几天再接着乘车，只需支付一张车票的价钱，再乘车时提前确定下座位即可。我昨天傍晚从胡志明市出发，睡一晚上，今天早上到芽庄，然后玩儿一白天，晚上坐车经过一夜明天到会安——省路费，省住宿费。

今天有四件事很不开心。

海边的天气变得很快，上午在沙滩睡觉，靠树上睡了半天，硌得后背很疼，于是躺在沙滩上，刚躺好就下雨了，只好又回到树下，过了会儿雨停了，我回到沙滩上，这时太阳出来了，

芽庄的傍晚。

晒得我皮肤疼，只能又回到树下，折腾半天总共睡了没一个小时……虽然听不到海浪声，只有风声，不过感觉很好。

不开心的事是当我睡醒了去骑单车的时候，发现驮包的拉链全开了，被翻了个遍，幸亏重要的东西都在我随身背着的包里，好险！我顿时有种阴暗的快感。

下午在海边买当地小吃锅巴饼，我问多少钱，卖饼大婶说 10000 盾，我说 5000 盾如何，她想都没想就说好，我见刚才几个越南姑娘买了 3 个也只付了几千盾。我买了一个，给了 10000，她只找了 4000，我说差 1000，她麻利地把手里压着的 1000 拿出来。面对我这个外国人，她真是抱着能坑一笔是一笔的心态，我想起在泰国和柬埔寨时捧着一大把钱让人挑选的情景……看来不得不提高警惕，否则回到家被骗得只剩内裤了。

下午去买书，LP 上推荐的 Andy's 书店，店里有很多英文版书籍，英文书的好处是有助于睡眠好打发车上无聊的时间。我看上一本很有名的书叫《照片中的女孩》，翻开一看，盗版的质量之差令人发指，字都印歪了，一问价钱要 75000 盾，女老板口气还很生硬。事实是，我没那么多钱，看看简介就算了。

晚上提前一个小时到店里候车，多等了半个小时车才来。我正准备把单车搬上车，车上的工作人员跑到店里给我拿了张地图说："你去这里，这辆车客满了，那里有车能带你走。"说完就急着上车，我一把拉住他，指着那个地方急忙问："这是哪里啊？同一个公司吗？那里的车几点开？”

我只隐隐约约地听见他甩过来一句话说是一个公司的，那车就启动了。我一头雾水，赶紧去店里问情况，之后匆忙地朝这家分店奔去。走了一段路，终于看见这家分店的牌子，店内人员给的答复是：“你等着吧。”给的解释是：“这辆车大，能装走你的单车。”

又过了半个小时，车终于来了，我急忙带着单车过去，排队到我放行李的时候，一把被两个工作人员推开，他们说：“你这个单车是不可能装上的。”我说我已经付钱了，我有收据，然后给他们看。他们说那也不行，绝对不行，表情很狰狞。

我不断地解释着，说从金边过来的车就能装下，这辆车也能装下的，大小差不多；我不断地担心着，要是今天走不掉，那什么时候才能走啊；我不断地盘算着，实在不行就地把单车扔了，今天必须得上车啊；我不断地绝望着，在异国他乡遇黑店，喊救命也没人跟你一伙儿啊！

这时一个穿制服的工作人员从店里跑了过来，对一直拒绝我的司机说：“OK。”司机就 OK 了！一句多余的话都没有。

我的单车上被压了很重的包。一个欧洲女孩说：“对不起……你的单车。”还没缓过劲儿的我说：“没关系，没关系……”我算是明白了，他们只是把顾客从一家公司卖到另一家而已。

1月30日 古色古香的会安古镇

午饭：20000盾 啤酒：12000盾 晚饭：15000盾 水：5000盾 住宿：7美元

我一直相信，在我还没有到达的地方会有一片开满白色莲花的池塘。

汽车绑架事件

坐了辆很烂的车，本来早上7点就该到会安的，结果迟到了5个小时。

车上的厕所是锁着的，外面挂着“已坏”的牌子。

早上有三个乘客想上厕所，让司机停车，司机一直说等一会儿，等一会儿……路过好几个加油站或公厕就是不停，其中一个女士说：“他们路过了这么多地方都不停车，停车的地方就是为了让我们下去买东西，这样他们会有回扣。”然后她做了个被绑架的动作说：“这就是汽车绑架。”

于是三个人开始抗议，喊着：“toliet，toilet，toilet……”终于副驾驶给她们打开了厕所，厕所其实是能用的。

快到会安前半小时，又一个欧洲小伙让副驾驶打开厕所门，他说她女朋友病了，急需要用厕所。小伙子反复地说着“sick”，副驾驶无动于衷，一脸冷漠。小伙子十分气愤：“你的名字，告诉我你的名字，我要投诉你！”副驾驶依然一脸无所谓的样子，这种表情我在国内见得太多了。小伙子转向司机：“你告诉我他的名字，你能理解我说话吗？”

司机挥挥手，意思是我还要开车。这时副驾驶怒了，把钥匙往车窗上一摔，啪的一声惊醒了好多睡着的旅客，小伙子很无奈，气愤地走了，路过我床位的时候，我对他说：“你的票上有这车的车号，可以凭这个投诉。”他说：“当然，我一定会投诉的。”

这就是TMbother的服务，我买票的时候还是一个叫MTV的公司，坐车的时候公司就变了，所以在越南坐车，一定要奔着信誉好的去，你看Sinh Cafe那铺天盖地的店，就知道这家店肯定不错，可惜的是我没赶上，不是遇到票卖完了，就是遇到了假店。

悠然会安

稍不留神，你会以为自己是在中国的某个小镇，红砖黄墙，满眼汉字，若再有些诗情，会以为穿越到了明清时候——其实这里是越南会安。

明朝嘉靖末期，中国东南沿海倭寇渐缓，海事渐开，中国开始源源不断地向外界输送丝绸、香料、陶瓷等货品，会安是其中一个重要的贸易枢纽，很多来自中国的货物通过这里被运输到世界各地。

如今的会安已不复当年的繁华，但今天的会安沉淀着历史的韵味，每一个河道弯处，每一处青瓦缝隙，每一棵参天大树，都默默诉说着会安往昔的故事。

中华会馆是会安最早的华人会馆，相传建于明朝成化年间（1456—1487 年），后来越来越多的华人通过会安进入越南，依次建立了福建会馆、潮州会馆、琼府会馆等。在中华会馆见到"天下为公"四个大字，我被深深震撼。

在历史上的很长一段时间，越南都是中国的属国，那时候皇上一生气，官员就被流放到了岭南，皇帝气性再大点儿，这官员就变成越南人的祖先了。

这个充满魅力的小镇还有很多值得挖掘的地方，只可惜我的时间太短。

4000 盾一杯的啤酒味道很好，喝了三杯，然后去拍日落。

会安古镇也不能免俗地入选了联合国世界文化遗产名录。

正拍着日落，月亮出来了，晚霞正浓却有飞机飞过，于是匆匆来到桥这边，拍完又回去拍月亮，自己玩得好不热闹。

很喜欢这里的海，很长很长的海岸线，每处景色都如油画一般。看到这里的海，或许就可以明白为什么当年法国人和美国人都争着抢着要来这里了。

1月31日 翻越海云岭

早饭：20000盾 零食：100000盾 饮料：40000盾 住宿：6美元

路线：会安——顺化（翻越海云岭，蜿蜒上下坡）

共147km

当你站在山巅远望大海时，会觉得之前付出的一切都值得。

早上6点钟起床，这是一个值得纪念的日子。

赶到沙滩边时日出已尽，为了不辜负自己起这么早，还是若有所思地欣赏了片刻。7点钟正式出发，因为翻越海云岭是场硬仗，不可怠慢。这里曾经发生过的故事，三天三夜也讲不完。但曾经越是轰动的地方，今天就越是风平浪静，花红叶绿。

长山的支脉海云山由西向东直插大海，海云

岭是它最后一座山峰，海拔470米，岭间终年云雾缭绕，故而得名。如果非要给海云岭加一个前缀，那我会告诉你这里曾被评为人生必去的50个最美的地方之一。

海云岭总路程约30公里，缓上下坡，如果你骑行过云南、老挝，就会发现这里远没有那么恐怖。所以从会安到顺化这段路程，我计划的两天有些多余，一天是完全能搞定的。

卖甘蔗汁的姐妹俩

途中也充满了乐趣，遇到了卖甘蔗汁的店铺，这绝对对我的口味，5000盾一杯，我一连喝了四杯。卖甘蔗汁的姐妹俩也很好玩，姐姐老开妹妹玩笑，他们用很生硬的英语和我聊天。

姐姐问："你从哪里来？"

我说："中国。"

姐姐问："要到哪里去？"

我说："中国。往北走。"

姐姐说："多大了？"

我说："24。"

妹妹说："那很年轻啊。"

姐姐问："有女朋友吗？"

我说："有一个。"

这俩姑娘一直不停地问，不停地笑，说几句就合计着下一

海云岭，顾名思义。

甘蔗汁铺子，妹妹跑进了屋里，这是妈妈和姐姐。

句该怎么问，我听得很困难，不过心里很舒服。

“你晒得好黑。”妹妹指着我的胳膊说。

我掀起袖子，对比白的地方给她们看，姐妹俩又笑个不停。

姐姐忽然说：“你可以把她带走。”

我说：“什么？”

姐姐说：“你可以娶她。”

我一开始没听懂，见妹妹一直推姐姐，有点儿懂了。

妹妹脸红着跑进屋里，姐姐依然在笑，这时我要了第四杯甘蔗汁。

坚持到最后

在路上会遇到各种各样的意外，这些意外常常来自无法掌控的客观环境，而自己所能做的就是克服一切困难。其实，谁都可以做到。

令我心有余悸的是今天目睹了一起车祸，车祸就发生在距离我 2 米的地方，这是我遇到的第二场车祸，庆幸的是人都安然无恙。

进入山路之前，我在非机动车道靠右骑行，一女子骑摩托车带一女子迎面而来，在路中间。我左手边一男子骑摩托车高速行驶，摩托男超过我时离前面俩女子还有大约 20 米，他想进入这条车道的左边，择机左拐。但是那女子却忽然右拐，男子紧急刹车，其实距离足够，关键是男子刹车的时候前轮压在一粒小石子上，刺啦一声响后，前轮打滑，摩托车呈 45 度往前滑行，就跟电影里演的一样，车身完全倒地的瞬间，男子滚下了摩托车，车身继续划地前行，撞在载有俩女子的摩托的护膝栏上，她俩完全呆了，完全没有闪躲。好在倒地的摩托车已是强弩之末，只是撞弯了摩托车的左前翼，当一切结束的时候，俩女子依然安稳地坐在摩托车上，只有脚边躺着的摩托车和远处躺着的人显示出刚才有多么的惊险！

我一再跟自己强调“安全第一”，事故都是发生在电光火石之间，完全预料不到。

快到顺化时，车子终于又出问题了。后轮一颠，后面链子被颠到大一圈的齿轮上，链子被撑得很紧，骑起来很吃力。我只好咬着牙骑，这个变数给我最后的冲刺增加了极大的困难，以至于我腿部磨出了半厘米厚的红肉，这是种什么境界啊！

今天住宿条件不错，折合人民币 45 元。住定后，我去超市买了一大堆零食，为自己到达目的地庆祝，结束了劳累的一天。

2月1日 白衣飘飘的女孩

车票：300000盾　摩托40000盾　晚饭：27000盾　门票：15000盾

越南的大海再美也没有越南的姑娘们美。

几番掂量，百般纠结，还是决定把车子卖了，实在舍不得直接扔掉，这一路过来，一块铁也捂热了，总要交到什么人手里才好。

直接送人，又觉得这破铜烂铁人家会嫌弃，想想还是卖了吧，多少钱都行。

我问店里的伙计哪里可以卖，巧的是他说他想买，问多少钱。我之前还真没琢磨要卖多少钱，几经商讨，最后卖了80000盾，折合人民币30元。

处理完车子我在想，我带着这“罗马牌”自行车一路过来，就像斗地主的时候手里连个2都

白衣飘飘，比花美的女孩。

没有还毅然地翻了地主牌。

这次交易确实挺失败的，但我实在是没有时间了，处理完这些去买到河内的汽车票，幸好买到最后一张了。但，好像每次买票都被告知没剩几张了……

然后去了皇城，去了学校，去了天姥寺，印象最深刻的是穿白色奥黛的女孩子好漂亮啊。

顺化，这个地方真的值得再来一次。

因为头天赶路骑得太远，大腿根两侧磨烂了，疼得走不动路，走起来跟得了痔疮似的。老问题再次发生，又取不到钱了，西联有银联的标志，却不能取，在我心目中形象完美的西联怎么会这个样子。还好西联一美女工作人员给我指了条路，帮我找到了东亚银行的取款机，取款机还跟我讲普通话，惊喜得我！

这一折腾加剧了“痔疮”的疼痛，我走路都畸形了，姿势很奇怪，方才领会“别人笑我太疯癫，我笑别人看不穿”的深刻内涵。真想回去躺着，可还有著名的天姥寺没去，于是破例打车。

夜里坐上了长途大巴车。明天天亮，就到河内了。

2月2日 河内倒霉的一天

早饭：16000盾　晚饭：45000盾　饮料：15000盾　雪糕：8500盾　住宿：3美元

天亮之前的黑暗最刻骨铭心。

我对前一晚上的巴士之夜很满意，躺倒就睡，啥心都不操。

下车边玩边找旅店，遇到开价6美元一晚的，快闪！没找到住的地方，倒看到越来越多的早餐摊，想喝口热汤，于是先把早餐吃了，要价20000盾，还到了16000盾。能还价，好说话。

接下来1个小时我不断地找住处，找卖车票的地方。当我在一家Sinh Cafe订好21美元的车票准备离开时，发现一大袋子行李不见了，心里一下全凉了，那个放满衣服的大垃圾袋，里面有在琅勃拉邦买的衣服。

于是原路返回，问了很多停留过的地方，依然没有。

经过这遍找寻，没发现丢失的东西，倒发现了真的 Sinh Cafe 店，LP 上有标注的，就是说我之前买票的地方又是假的，可票已经买了。很多的 Sinh Cafe 旅行社前写着：欢迎你来到真的 Sinh Cafe。可依然是假的，越南也需要 315！

河内的警察局

我再返回寻找的时候，很多人已经看着我眼熟了，其中一个热心人带着我走了很远，是到大一点的饭店找翻译，我说明情况后，他把我带到了警察局。当然，语言还是不通的，这里的警察好像不用过英语四级。

我用英语说："你好，我的包丢了。"

一个穿制服的大叔，看起来精神挺愉悦，他慢慢地用很难听懂的英语说："你从哪里来的？"

我说："中国。"

他一副豁然开朗的样子："哈哈，中国。护照？"

他看了我的护照，然后给了我纸和笔，让我把经过写下来。

正写着，他的上司来了，他们交流了几句，上司突然用汉语说："你好。"

我一听汉语，顿时像找到了救星，赶紧说："你好，我的包丢了，里面有我所有的衣服……”

他摆摆手说：“听不懂，听不懂。”

原来只会几句，来我这练口语来的，白让我激动。

我说：“那怎么办？”

然后他们几个穿制服的和没穿制服的在一起讨论，我看他们讨论得很认真，就没打扰。

他们讲了一会儿，一个人跑了出去，叫了一个会讲汉语的人进来。

那人上来就问我：“你是被偷了，还是自己丢了？”

我说：“我不知道，我只知道发现的时候已经没有了。”

他说：“在哪里丢的？”

我把可能丢的地方在地图上画出来，就是我走过的路线图。

他说：“那片不归这里管啊。”

我说：“不归这里管的那片，我已经找过两遍了，你们负责的这块老城区人最多，很有可能是在这里丢的。”我对各种扯皮是有充分的心理准备的。

他说：“什么样的袋子？”

我说：“大黑袋子，装垃圾的那种。”

他思索了一下说：“一般有三种情况，被抢，被偷，自己丢的。你那种袋子，应该没有人偷，所以你再好好找找吧。”

我看这基本上也指望不上了，恍恍惚惚地握了手说了声谢谢，就匆匆忙忙地走了。

他说："你的护照！"

我说："噢，谢谢。"护照都忘拿了，看来自己已经晕到一定境界了。

来来去去找了一天也没找到，走动过多，"痔疮"又犯了，只好慢慢地挪动。

河内可能更适合那些发达国家的人来看看热闹，我已经觉得索然无味了，只在著名的还剑湖逛了逛。不仅是丢了给女朋友带的礼物，我也在担心，回国后怎么办。回家可是大冬天，把所有衣服都捂上还嫌冷，这下子全没了。

还剑湖边的姑娘

我把相机放在湖边石椅上，以还剑湖为背景给自己拍照，拍着拍着就和坐在旁边的一个姑娘聊了起来。她也是大学生，22岁，学金融。她有些小小的紧张，不断地夸中国好，于是我也不断地说越南也挺好。

她说："你有白头发了，不过长相还是很年轻。"

我顿时有点儿石化，说："唉……谢谢。"

她说："你有女朋友吗？"

我说："有，和你一样，也是学金融的。"

她说："真的吗，你女朋友也学金融的啊？那你女朋友一定很聪明。”

我没接上话。

她说：“当然，我学得不是很好。”

沉默……

她忽然说：“你见过这么漂亮的傍晚吗？”

这一下把我问慌了，这是学英语时背的固定对话吗？

我说：“我见过很多漂亮的傍晚，但是现在我主要想家。”

她说：“你可以给我拍照片吗。”

我说：“当然。”

走的时候还交换了 E-mail，可回去后，这一天的照片不慎丢失，看来太没有缘分。

过了这个晚上就回国了，在此祝中越两国友谊长存，彼此万岁！

2月3日 回到中国

晚饭：40 元　早饭：42000 盾　住宿：40 元

这一路上，如果问自己有多少计划没有实现，那无疑是每天早起的次数。

今天终于要离开河内了，昨天的丢包事件让我很不开心。当然也有好的一面，这里人很团结，不管有多少人排队，我去了都会让我先买，因为他们觉得你不属于这里。

买的直达票，过了友谊关会换辆车，凭着自己的胸牌上车，3 个小时后就到南宁了。

过关时，盖章的工作人员迟迟不落章，盯着我看了好久。我瘦了 30 斤左右，并且被晒成了一块炭，他指着我护照上的照片，说："这是你吗？"

我说："是的，我是骑自行车的。"

（完）

图书在版编目(CIP)数据

走起,车轮弟:一辆二手单车的东南亚骑行日记/天天著.—北京:中国人民大学出版社,2013.6

ISBN 978-7-300-17188-3

Ⅰ.①走… Ⅱ.①天… Ⅲ.①日记—作品集—中国—当代 Ⅳ.①I267.5

中国版本图书馆CIP数据核字(2013)第098310号

朗朗書房
long-long Book House

走起,车轮弟——一辆二手单车的东南亚骑行日记

天天 著

ZouQi Chelundi

出版发行	中国人民大学出版社		
社　　址	北京中关村大街31号	**邮政编码**	100080
电　　话	发行热线:010-51502011 编辑热线:010-51502017		
网　　址	http://www.longlongbook.com(朗朗书房网) http://www.crup.com.cn(人大出版社网) http://www.ttrnet.com(人大教研网)		
经　　销	新华书店		
印　　刷	北京兴湘印务有限公司		
规　　格	146 mm×210 mm　32开本	**版　　次**	2013年7月第1版
印　　张	9.75	**印　　次**	2013年7月第1次印刷
字　　数	170 000	**定　　价**	36.80元

扫一扫，认识朗朗书房

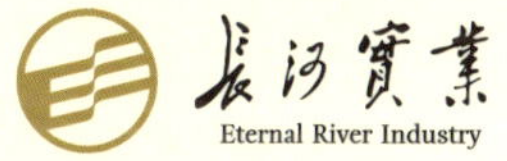

朗朗書房
改变，从阅读开始

官方网站：www.longlongbook.com
新浪微博：weibo.com/langlangshufang（@朗朗书房）
腾讯微博：t.qq.com/longlongbookpublish（@朗朗书房）
发行热线：010-51502011 / 51502012

策　　划　孟　幻
责任编辑　孟　幻
版式设计　杜　敏
封面设计　刘庆海

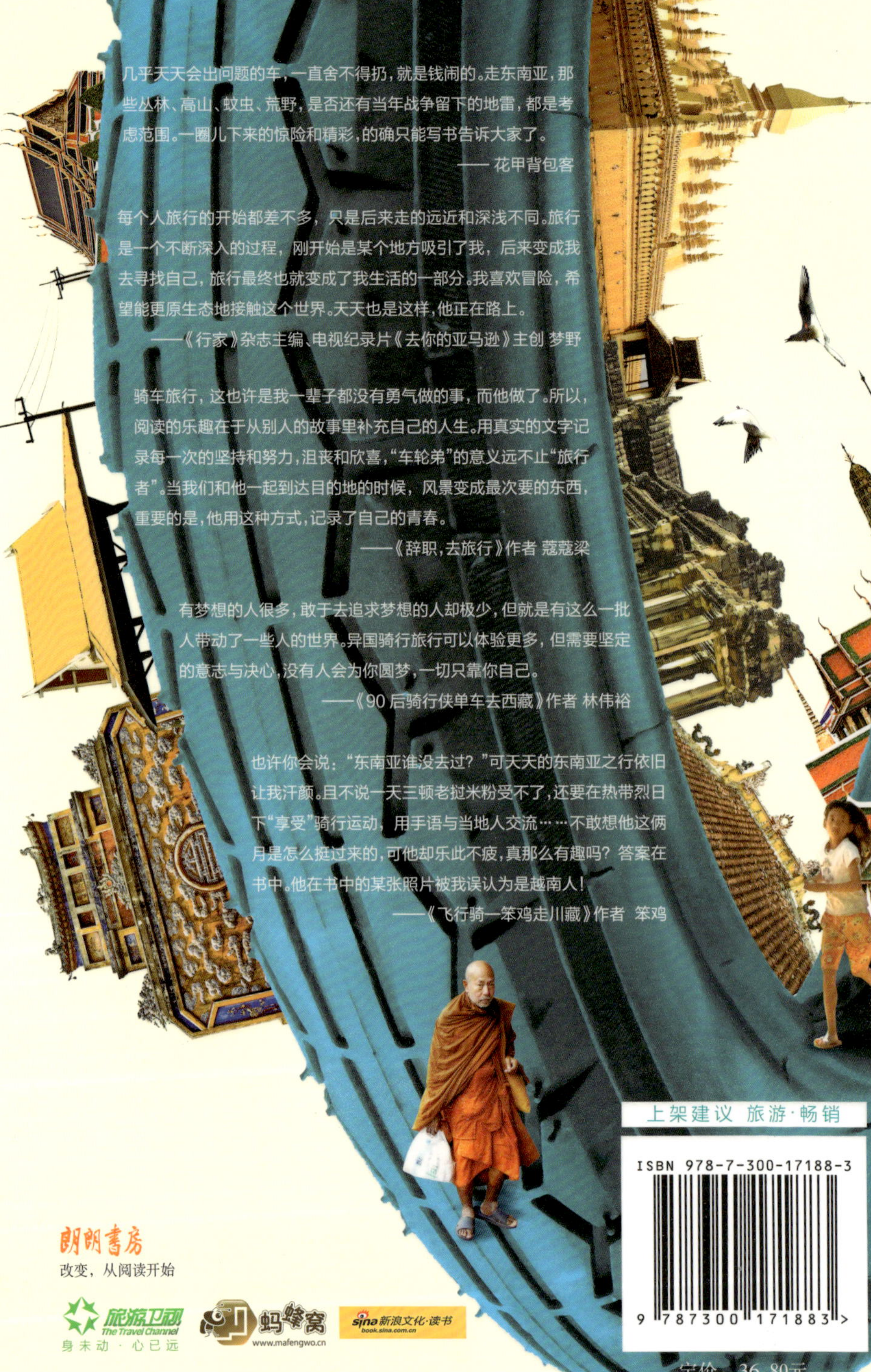

几乎天天会出问题的车，一直舍不得扔，就是钱闹的。走东南亚，那些丛林、高山、蚊虫、荒野，是否还有当年战争留下的地雷，都是考虑范围。一圈儿下来的惊险和精彩，的确只能写书告诉大家了。

——花甲背包客

每个人旅行的开始都差不多，只是后来走的远近和深浅不同。旅行是一个不断深入的过程，刚开始是某个地方吸引了我，后来变成我去寻找自己，旅行最终也就变成了我生活的一部分。我喜欢冒险，希望能更原生态地接触这个世界。天天也是这样，他正在路上。

——《行家》杂志主编、电视纪录片《去你的亚马逊》主创 梦野

骑车旅行，这也许是我一辈子都没有勇气做的事，而他做了。所以，阅读的乐趣在于从别人的故事里补充自己的人生。用真实的文字记录每一次的坚持和努力，沮丧和欣喜，“车轮弟”的意义远不止“旅行者”。当我们和他一起到达目的地的时候，风景变成最次要的东西，重要的是，他用这种方式，记录了自己的青春。

——《辞职，去旅行》作者 蔻蔻梁

有梦想的人很多，敢于去追求梦想的人却极少，但就是有这么一批人带动了一些人的世界。异国骑行旅行可以体验更多，但需要坚定的意志与决心，没有人会为你圆梦，一切只靠你自己。

——《90后骑行侠单车去西藏》作者 林伟裕

也许你会说：“东南亚谁没去过？”可天天的东南亚之行依旧让我汗颜。且不说一天三顿老挝米粉受不了，还要在热带烈日下“享受”骑行运动，用手语与当地人交流……不敢想他这俩月是怎么挺过来的，可他却乐此不疲，真那么有趣吗？答案在书中。他在书中的某张照片被我误认为是越南人！

——《飞行骑一笨鸡走川藏》作者 笨鸡

上架建议 旅游·畅销

ISBN 978-7-300-17188-3

9 787300 171883 >

定价：36.80元

朗朗書房

改变，从阅读开始